LA FIÈVRE D'ACCOUPLEMENT

PROGRAMME DES EPOUSES
INTERSTELLAIRES®, TOME 10

GRACE GOODWIN

La Fièvre d'Accouplement

Copyright © 2018 by Grace Goodwin

Tous Droits Réservés. Aucune partie de ce livre ne peut être reproduite ou transmise sous quelque forme ou par quelque moyen que ce soit, électronique ou mécanique, y compris photocopie, enregistrement, tout autre système de stockage et de récupération de données sans permission écrite expresse de l'auteur.

Publié par Grace Goodwin as KSA Publishing Consultants, Inc.
Goodwin, Grace

La Fièvre d'Accouplement

Dessin de couverture 2020 par KSA Publishing Consultants, Inc.
Images/Photo Credit: Deposit Photos: ralwel, _italo_

Note de l'éditeur :
Ce livre s'adresse à un *public adulte*. Les fessées et toutes autres activités sexuelles citées dans cet ouvrage relèvent de la fiction et sont destinées à un public adulte. Elles ne sont ni cautionnées ni encouragées par l'auteur ou l'éditeur.

BULLETIN FRANÇAISE

REJOIGNEZ MA LISTE DE CONTACTS POUR ÊTRE DANS LES PREMIERS A CONNAÎTRE LES NOUVELLES SORTIES, OBTENIR DES TARIFS PREFERENTIELS ET DES EXTRAITS

Cliquez ici

1

Megan Simmons, Dispensaire, Cuirassé Karter, Secteur 437

IL M'EMBRASSE. Me prend dans ses bras. Me soulève littéralement, me colle un baiser torride et langoureux. J'ignore où je suis. Je m'en fiche. J'ai juste envie qu'il m'embrasse.

Chaud. Profond. Langoureux. Mon corps réagit sur le champ. Je mouille, mes tétons durcissent en l'entendant gronder. Je ressens, plus que je n'entends, son grognement sensuel.

Il me plaque au mur, pèse sur moi de tout son poids. Il est immense. Si grand que je sens sa grosse bite contre mon ventre.

« A moi, » sa voix est grave, rocailleuse. Ces deux petits mots, à peine murmurés, me donnent le frisson de la tête aux pieds.

Oui. J'ignore qui est ce mec et pourquoi il m'embrasse mais je m'en tape. J'ai envie de lui comme jamais.

Sa chaleur passe à travers nos vêtements. On dirait qu'il a la fièvre, son corps exsude un désir qui le consume, le rend dangereux, primitif.

« Oui, je t'appartiens, » je murmure.

Ses mains effleurent mon corps *nu*. Stop. Je suis nue. *Il* est habillé. Il faut arrêter ça tout de suite, non ? J'ai pas envie, c'est trop bon.

J'ai pas besoin de mes vêtements. Il doit retirer les siens.

Il recule, il porte l'uniforme d'un combattant de la Coalition, ça lui va à merveille d'ailleurs. Impossible de voir son visage. Pourquoi ? Pourquoi n'ai-je pas le droit de voir l'objet de ma convoitise ?

Il dégrafe son pantalon et extirpe sa bite. Waouh, une bite gigantesque. Bien membré, épaisse, un gros gland bien dilaté, je me lèche les lèvres, j'ai une envie folle de le sucer.

Putain mais c'est quoi mon problème ? J'ai pas pour habitude de saliver devant le sexe d'un étranger.

Du moins pas jusqu'à aujourd'hui.

« A moi. » Toujours les mêmes mots, réduits à leur plus simple expression, mon corps réagit comme s'il murmurait des paroles érotiques, crues, toutes les choses cochonnes qu'il va me faire. Il attrape mes poignets, porte mes mains à ses lèvres et les embrasse, je porte des bracelets métalliques.

Des bracelets d'accouplement Atlan.

Putain de merde.

Fascinée, je contemple le dessin finement ciselé, gravé dans le métal. Le métal à mes poignets joue avec la lumière ambiante. Ce mélange d'or et d'argent rend ces bracelets magnifiques. J'ai déjà vu des bracelets d'accouplement Atlan, il doit porter les mêmes. Ils sont néanmoins beaucoup plus lourds que ce que j'imaginais. Il fait comme si de rien n'était. Son corps se love contre le mien, si possessif, comme si je lui appartenais corps et âme. Il embrasse la paume de mes mains, une force incroyable me parcourt tandis que cet homme gigantesque me cajole, m'embrasse doucement, comme si j'étais en porcelaine.

En tant que femme, une démonstration de possessivité aussi flagrante devrait m'offenser. Je suis une farouche guerrière qui ne compte que sur elle-même. Mais ce ... gentil géant me fait perdre tous mes moyens.

Mon corps vibre comme les cordes d'une guitare, je ferme les yeux tandis qu'il soulève mes mains au-dessus de ma tête. Je sais pertinemment ce qui va se passer, j'ai clairement vu le trou dans le mur, il va m'attacher.

Mais au lieu de m'échapper, de hurler, de me débattre, de le supplier de me relâcher, je relève les bras, la poitrine saillante, j'ai hâte de sentir sa langue lécher mes seins. Et ce corps ... il peut faire de moi ce qu'il veut, tant qu'il me pénètre avec sa grosse queue.

Mes mains sont attachées au-dessus de ma tête, il recule et descend son froc. Nu, bien monté, il est immense, il me scrute dans le noir, son regard chaud est étrangement très animal. Sa grosse main empoigne la base de sa verge, il commence à se branler, une perle de sperme goutte de son gland. Impossible de ne pas remarquer ses propres bracelets d'accouplement dépassant de la veste de son uniforme. « A moi. Femme.

Je le regarde se masturber.

— C'est ma bite, la bête. Donne. »

Waouh ! C'est moi ça ? J'ai comme l'impression de pas pouvoir me maîtriser, je parle à tort et à travers, mais la bête n'en a visiblement rien à foutre. Il rigole et tombe à genoux. Je me retrouve en un clin d'œil les cuisses sur ses épaules, il me fait un cunni.

« Oui ! » Je referme mes chevilles sur sa tête et l'attire contre moi. Le frémissement qui me parcourt me fait pousser un gémissement. Sa bouche est torride, brûlante. Mais j'ai envie d'autre chose. Je veux le sentir en moi, je veux qu'il me dilate à fond, qu'il me pénètre.

Il est à moi. Il est forcément à moi.

La bête me besogne avec sa langue jusqu'à ce que je perde la raison, ma vulve gonflée et humide me fait mal, elle palpite et crépite, ça me brûle. Il est immense et vigoureux, le mâle alpha dans toute sa splendeur, mais c'est moi qui commande. Je suis la seule à pouvoir dompter sa bête. Il est à moi, pour toujours. Pour toujours. Il a besoin de moi pour apaiser sa bête. Mon corps, ma soumission, sont nécessaires à sa survie.

Il prend mes seins en coupe, joue avec. J'adore sentir ses mains calleuses. Il n'est pas tendre. Non, il titille mes tétons durcis du bout des doigts, je pousse des gémissements de plaisir et m'arcboute.

Il m'attrape par derrière les genoux de manière à ce que nos corps soient face à face, je ne sens plus le sol sous mes pieds, je suis prise en sandwich entre la chaleur de son corps et la fraîcheur du mur.

« Femme, il grogne, sa langue parcourt mon épaule, me savoure. Me marque.

— Tu es à moi. Toute à moi.

Son gland pénètre dans les replis de ma vulve afin de voir si je suis prête, je gémis.

— Oui. Vas-y.

— À moi.

Oh oui. J'ai envie qu'il me défonce. Bon sang, je vais succomber à cette débauche ?

— À moi. À moi. À moi. T'es à moi …

— Supplie-moi, c'est un ordre. »

J'ouvre les yeux, il me regarde intensément, même perdue dans les affres de la fièvre d'accouplement, cette bête essaie de me dominer, de prendre le dessus. Et de me baiser, et ça me donne encore plus chaud. J'arrive plus à respirer. Mon cœur va sortir de ma poitrine et exploser tel un feu d'artifice.

« Je t'en supplie, je halète alors que sa bite se fraie un passage dans mon vagin palpitant.

— Jusqu'à ce que la mort nous sépare. »

Ces paroles sont lourdes de sens. Un serment de mariage, en vachement plus sérieux. La séparation n'existe pas entre partenaires, le divorce non plus. C'est un lien primaire, basique. Baiser avec cet homme va bien au-delà du simple plaisir charnel. J'apaise sa bête. Je suis liée pour toujours à ce mâle alpha dominant, possessif, arrogant, protecteur. Je pourrais énumérer des douzaines de raisons m'incitant à refuser de me donner à lui, et choisir quelqu'un d'autre.

Mais j'ai envie de lui. De lui et de lui seul. J'adore mon amant exigeant et dominateur. J'ai envie qu'il me baise jusqu'à ce que j'oublie qui je suis. J'ai pas envie de penser, je veux juste ressentir. J'ai pas envie de penser à moi. Pour la première fois de ma vie, je suis disposée à baisser la garde. Je vais le laisser s'occuper de moi. Je vais me *soumettre*.

Mon corps en meurt d'envie. Oui. J'ai besoin qu'il me domine, que mon esprit arrête de tourner en boucle, de cogiter, j'ai tout simplement envie de profiter de l'instant présent.

« Baise-moi. Je t'en supplie. J'ondule des hanches afin qu'il me pénètre. Je suis ouverte, dilatée. Je sais que cette grosse bite va me déchirer en deux. Je ferais mieux de détaler, au lieu d'attendre qu'il m'empale.

— Maintenant, je lui dis en serrant les poings. Je suis grand ouverte, un pur régal. Maintenant, je pousse un hurlement tandis qu'il me pénètre violemment d'un coup d'un seul.

— A moi, » grogne-t-il.

Il m'écartèle, je m'abandonne. Ce mélange de douleur et de plaisir provoque mon premier orgasme, il me dévisage tel un prédateur avec sa proie, il soutient mon regard tandis que mon sexe se referme sur sa bite tel un poing, palpite et se contracte, mon corps est parcouru de soubresauts.

Mon dieu. Encore. J'en veux encore ... Il se retire et me pénètre violemment, mon dos heurte le mur.

« Mademoiselle Simmons. » J'entends une voix féminine dans le lointain mais je l'ignore tandis que ma bête me pénètre avec un grondement sourd.

Oui, c'est trop bon. J'adore sa bite. J'en ai besoin. Il se retire, me pénètre à nouveau ... oui !

« Mademoiselle Simmons ! » Encore cette voix. Insistante. Agacée. Mais elle voit pas que je suis occupée ?

Je secoue la tête, je sens le mur derrière moi, les grosses mains de cet Atlan sur mes hanches, sa bite entre mes cuisses. Je porte des menottes, mon corps encaisse ce qu'il veut bien lui donner, du plaisir, une sensation de frisson, du danger, je suis à ses ordres. Je lui appartiens. Corps et âme. À lui et lui seul.

Il retire sa verge gigantesque. Puis s'enfonce profondément. Énorme. Tout dur. J'adore cette douleur.

« Megan ? Encore cette voix de femme, énervée cette fois-ci. Je l'ignore. Je n'ai que faire d'elle. C'est lui que je veux. Sa bite. Ses grosses mains. Sa chaleur.

— Megan ! Soldat, ça suffit maintenant ! »

Oh, elle devient méchante mais je m'en fous. Je secoue la tête et mords ma lèvre que mon partenaire baise sauvagement. Je vais encore jouir. Bon sang. J'y suis presque—

« Préparez le stimulateur neuronal. Elle n'arrive pas à mettre un terme à cet examen. »

Un examen ? La mémoire me revient. Le docteur. Le vaisseau. Tout me revient, le reste s'évanouit. Et *lui* avec. Je me suis focalisée sur lui, sur le plaisir, les sensations perdent de leur consistance, tel le sable emporté par le vent. Je cligne des yeux. Aucun mâle alpha ne me saute contre un mur comme si j'étais trop bonne. Y'a pas le moindre mec.

Ce qui n'est en fin de compte que le reflet de ma vie ces derniers temps. Du moins niveau plan cul. Je vis entourée de milliers d'hommes sur le cuirassé mais ça fait un an que j'ai pas baisé, mon corps ne se satisfait pas de ce maigre avant-goût. J'en veux encore. C'est bien ma veine, je risque pas de passer à l'acte. Du moins, pas durant les jours à venir.

« Oh, parfait. » C'est le Docteur Moor. Je reconnais la jolie brune qui se penche sur moi. Il s'agit d'une Atlanne, elle ressemble à une humaine sauf qu'elle mesure plus de deux mètres et est plus large d'épaules que la plupart des joueurs de foot. Les seigneurs de guerre Atlan sont immenses, je ne suis pas surprise outre mesure que leurs femmes soient si grandes. Elle porte l'uniforme vert dévolu aux docteurs, ses cheveux coupés courts font ressortir ses grands yeux noisette. Elle est superbe. Mais surtout, elle est très sympa. C'est la raison pour laquelle je me suis adressée à elle concernant le Programme des Epouses Interstellaires. Il est hors de question que je laisse un docteur Prillon me mater pendant que je m'envoie en l'air avec l'un de leurs semblables.

Hors de question. Même pas en rêve. Le docteur Moor me convient parfaitement. *Et ce rêve également.*

Je reconnais les lignes vert foncé horizontales sur les murs, les fauteuils d'examen qui me rappellent ceux du dentiste quand j'étais petite. Je me sens toute petite là-dessus. Ces trucs sont faits pour d'immenses guerriers extraterrestres Atlans et Prillons, mesurant pas loin de deux mètres. En en version « bête » ? Les Atlans culminent entre deux mètres quarante et deux mètres soixante-dix, comme *l'Incroyable Hulk*, la peau verte en moins. Ils sont gigantesques, ce sont des tueurs d'une rare efficacité, sexy en diable. C'est du moins mon avis. Rien ne peut me faire plus plaisir que de voir un bataillon de seigneurs de guerre Atlans se déployer sur le champ de bataille et couper littéralement en deux les soldats de la Ruche à mains nues.

J'étais d'un naturel violent. Je me suis calmée y'a longtemps, quand je me suis engagée dans l'armée. Tout le monde n'est pas branché peace and love. Du moins, pas dans ma famille. Mais je suis pas contre me battre pour protéger les pacifistes. Donnez-moi un flingue ou un pistolet laser et je me transforme en vraie diablesse. Des terroristes sur Terre. Les drones de la Ruche dans l'espace. C'est du pareil au même. Le mal incarné. Les combattre me confère un sentiment de toute puissance, me donne l'impression de faire partie de la même grande famille. Mon père et mes frères sont dans l'armée. Je me suis engagée, bien qu'étant une fille. Une petite métisse *moitié black, moitié irlandaise, originaire de Boston.*

Je râte jamais ma cible.

J'ai été transférée de Terre pour rejoindre la Flotte de la Coalition. Ça change pas grand-chose par rapport à ma mère. Ça fait deux ans maintenant que je combats la Ruche—j'arrive au terme de mes deux ans—et j'ai vu pas mal de trucs vraiment dingues. Je suis pas une faible femme. Mais une femme courageuse, qui non seulement se bat contre la Ruche, la traque, la piège mais les tue. Je tue leurs chefs de clan. J'infiltre les lignes ennemies et perturbe leurs unités d'intégration, les soustrayant à la protection des soldats de la Ruche et de leurs éclaireurs. On cible leurs unités d'intégration, les responsables de la Ruche qui torturent et font subir un bourrage de crâne à leurs prisonniers de guerre, en leur inculquant leur logique pendant des mois. Mais je ferre désormais un plus gros poisson. Un poisson top secret.

On s'attaque à leur centrale de communication interne, les unités Nexus. On a presque réussi à en capturer une il y a quelques jours. Mais les informations étaient erronées.

Elles sont gardées par une douzaine de guerriers de la Ruche, des gradés, des gros bâtards quasi impossibles à dégommer. J'ai failli y passer lors de la dernière mission et le soldat a attrapé le restant des guerriers assignés à cette fameuse mission sans que je puisse faire quoi que ce soit pour les en empêcher. On a réussi à attraper l'une de leurs créatures Nexus. On l'a tuée. Mais son unité de communications a sauté. Elle était inutilisable. Trois guerriers de la Coalition sont morts ... pour rien.

Je pouvais plus vivre comme ça, d'où ma présence ici. Demain. Le S.R., ou Service des Renseignements, les têtes pensantes, l'élite de la Coalition qui dirige cette guerre psychologique, m'a confié un escadron de cinq tueurs patentés pour récupérer tout ce qu'on pourra dans ce canyon, demain. Et cette fois-ci, il est hors de question que j'échoue. Ma dernière mission ne se soldera pas par un échec. Sous peine d'entendre la voix de ma mère résonner inlassablement à mes oreilles. « *Pourquoi t'es pas forte comme tes frères ?* » et « *Arrête de pleurnicher espèce de connasse. On dirait une chochotte.* » Et ma préférée, « *Jésus, Marie, Joseph, mais qui m'a fourgué une gosse pareille.* »

Le docteur fait le tour tandis que les souvenirs me reviennent en mémoire. Fi des mains baladeuses et du désir, je revois les gifles en travers de ma gueule, quand ma mère était bourrée, ses mots qui faisaient plus mal que des coups.

Mon père était un grand black courageux et protecteur. Il nous adorait et quand il était là, je l'aimais d'une force qui n'a jamais faibli depuis. Quand ma mère allait bien, elle était heureuse. Mais il est mort lorsque j'avais neuf ans, elle ne s'en est jamais remise, elle s'est mise à boire du whisky comme si elle buvait de l'eau, plus elle buvait, plus elle était méchante. Mon père était mort. Y'a longtemps maintenant. Mes frères sont de vrais connards, ils servent la mère-patrie sur Terre. J'ignore où ils se trouvent. Afghanistan ? Syrie ? Afrique ? Ils pourraient même se la péter en Antarctique, j'en ai rien à foutre. Je reçois des messages de mon plus jeune frère environ deux fois par an, il me donne des nouvelles. Même de *Shirley*. Shirley Simmons. « Mère » n'est pas un mot que j'ai l'habitude d'employer, et il le sait.

Je suis entourée de force. Par des hommes forts. Des armures. Une armée puissante. Je suis entraînée pour être forte de corps et d'esprit. Je mesure un mètre quatre-vingts. Je ne suis pas petite ou vulnérable mais j'ai l'impression de faire la taille d'une poupée dans ce fichu fauteuil. Je suis bien plus grande que la majorité des femmes sur Terre, mais ici ? Ici, je suis une gamine assise à la table des grands et j'agite mes pieds sans pouvoir toucher le sol.

Heureusement, les commandants de la flotte de la Coalition ont su tirer avantage de ma taille et de ma discrétion. La mission qui m'a été confiée en est la preuve. Mieux scorpion que lion. Petite mais mortelle. Tel est mon credo. C'est plus ou moins pareil pour tous les humains perdus dans les profondeurs de l'espace. Nous ne sommes pas aussi grands que les races extraterrestres mais on peut être mauvais comme la peste quand on s'y met. Tout est question de fierté. Je prends ma mission à cœur.

« Megan vous êtes là ? Le docteur se penche sur moi et me dirige sa foutue lumière en plein dans l'œil. Ça m'éblouit.

— Malheureusement oui. » J'ai envie de ce mec costaud, de sa grosse bite. J'ai envie de me sentir belle, féminine, désirable. Je dois accomplir ma mission, une de plus, avec cette lourde armure, mon casque, mon maquillage de camouflage, et tuer ces satanés machin. Encore une. Une de plus.

Accomplir son devoir.

C'est quasiment une institution dans la famille, je ne le sais que trop bien. Ces trois mots m'ont fait subir des heures de formation éreintantes et douloureuses, j'ai été parachutée en milieu hostile un peu trop souvent à mon goût, au cours de ces deux dernières années. J'ai eu froid, chaud, j'ai crevé de faim, j'étais en sueur, pleine de sang, j'en passe et des meilleurs, sans compter d'autres situations dont je n'aurais même pas imaginé l'existence jusqu'à ce que j'atterrisse au fin fond de l'espace. J'essaie de ne pas penser, d'oublier que je flotte dans un petit vaisseau perdu loin, très loin dans la galaxie, ça me donne la chair de poule.

Le docteur éteint la lumière, j'y vois à nouveau clair. Elle sourit. « Parfait. Je ne vais pas avoir besoin de vous injecter de stimulateur neuronal. »

Elle repose une petite éprouvette verte, je sais d'expérience que ça fait plus mal que n'importe quelle piqûre. Sauf qu'il n'y a pas de seringue au bout. Ils s'arrangent pour injecter la substance autrement. Je sais pas comment ils font. J'ai pas envie de savoir. « Non merci. Enlevez-ça de là s'il vous plaît. »

Le docteur se met à rire et tend l'éprouvette à son assistant, qui s'empare de la seringue et part précipitamment, comme s'il s'était immiscé dans une conversation personnelle qui ne le regarde absolument pas ... ce qui est le cas. Je retrouve le sens des réalités plus vite que prévu. Je suis tout à fait réveillée maintenant. J'ai jamais rêvé de cet homme. J'ai jamais rêvé de bite. De désir, d'excitation ou de septième ciel. D'un orgasme incroyable.

Je me trouve dans la salle d'examen des épouses situées dans le dispensaire du Cuirassé Karter. Putain. J'aurais préféré me retrouver au royaume enchanté, avec un mâle dominateur qui sait se servir de ses mains et de sa queue. Ça fait longtemps, trop longtemps, que j'ai rien eu entre les cuisses, hormis mes propres doigts.

« J'ai crié ? Je sens le rouge me monter aux joues. Ne me dites pas que j'ai crié. Je pourrais me tuer avec mon propre pistolet laser si les hommes du service de médecine m'ont entendue crier à cause de cet orgasme vécu en rêve.

— Vous n'avez pas crié, elle sourit et m'adresse un clin d'œil complice. Je n'ai jamais subi de test mais toutes les épouses disent qu'il s'agit d'une expérience très excitante. »

Elle est un peu plus âgée que moi. Elle n'a peut-être pas subi le test du programme des épouses mais vu les bracelets dorés qu'elle porte aux poignets, elle est forcément mariée à un Atlan, elle sait à quel point les mecs Atlans peuvent être dominateurs. Et ils ont de grosses bites. D'après mon rêve et les bracelets que je porte, et vu le mec gigantesque qui m'a sautée comme un sauvage, je suis bel et bien mariée.

Je frissonne en songeant à un partenaire Atlan, ma chatte se contracte, soudain, j'ai chaud. Je devrais être surprise d'éprouver du désir pour ces grands guerriers brutaux, mais il s'avère que non. Durant ces deux années passées à combattre auprès des forces de la Coalition, j'ai rencontré pas mal d'Atlans qui sortent du lot. Des dominateurs. Ils veulent toujours être trop gentils. Ennuyeux. Ils n'ont rien contre les femmes à proprement parler mais j'ai remarqué un manque de respect et ils sont très chauvins. Complètement à l'opposé, il y a les *mâles alpha* poussés à l'extrême. Protecteurs. Exigeants. Sans pitié.

Je frissonne, un frémissement me parcourt. Sans pitié. Ils n'ont aucune pitié pour leurs ennemis. Je découvre, sous le choc, que je n'en n'attends pas moins d'eux au lit.

2

Megan

AU FOND DE MOI, j'ai peut-être tout simplement besoin d'un amant dominateur et exigeant. Ok. Mais le reste du temps ? Les Atlans peuvent poursuivre leur emprise étouffante et arrogante sur ce vaisseau et sauter sur la première venue. Mais ce sera pas moi.

J'aimerais bien avoir la force d'un Atlan pour arracher la tête d'un mec en particulier. Le seigneur de guerre Nyko. Si le mari du docteur Moor ressemble à cet emmerdeur de guerrier qui ne veut rien d'autre hormis me tripoter, je me demande comment elle l'a pas déjà tué dans son sommeil. Elle l'a peut-être tué remarque, c'est pour ça qu'elle sourit et se montre si charmante avec moi.

Je suis allongée dans le fauteuil d'examen, avec mon armure. Heureusement que la cuirasse cache mes tétons dressés. J'ai entendu dire que les femmes qui passent le test sur Terre portent des blouses d'hôpital. Non mais allo quoi.

Ceci dit, je vais devoir changer de slip. Je suis trempée. Tout ça à cause d'un rêve qui m'a fait perdre mes moyens. Pourquoi ai-je été excitée à ce point ? Pourquoi avoir *joui* ? Ma chatte me titille, bien que tout ça ne soit qu'un simulacre.

Je ne peux pas mentir au docteur Moor. Elle connaît la vérité. Elle sait. Et puis c'est une femme, ça fait du bien de pouvoir parler de temps en temps. Pas de mecs. Pas de testostérone.

« Le rêve était ... torride. J'inspire profondément et expire. Je m'assois et pose mes mains sur les accoudoirs du fauteuil. Ça y est ? C'est fini ?

La lumière crue du dispensaire intensifie la couleur de ses cheveux bruns soyeux, son uniforme vert de médecin rehausse sa peau mate.

— Je vous avais dit que ce serait facile et indolore. Une petite sieste, un rêve torride et vous êtes mariée. Elle a l'air d'adorer le concept et claque des doigts pour terminer sa démonstration. C'est sympa pour moi aussi. Elle cligne des yeux et je ne peux m'empêcher de lui rendre son clin d'œil. Ce test m'accorde un peu de répit de la zone de tri, lorsque les blessés reviennent du combat.

Je connais les horreurs de la guerre, je les côtoie au quotidien depuis deux ans.

—Il ne vous reste que deux jours à tenir, » ajoute-t-elle, optimiste. Elle n'a évidemment pas envie de me rappeler ce qui risque de m'arriver si je retourne au combat. Ils ne vont pas écourter ma mission parce que je n'ai plus que deux jours à tirer.

Deux jours. Encore une mission. Je dois survivre quarante-huit heures, et j'aurais fait mon temps. Je pourrais retourner au quartier général des Renseignements, oublier tout ça et passer à autre chose. J'ai déjà pensé à cet après combat depuis ma toute première bataille, j'ai compté les mois, les semaines, les jours pour en venir à bout. Devenir un vétéran et pouvoir rentrer chez moi. Mais au fur et à mesure que la date de ma libération approche, Boston ne me tente plus des masses. Ma mère va me rappeler perpétuellement que je suis nulle, que je suis pas un mec. Ouais, je serai à la retraite, j'aurai fait mon temps, puisque la durée du service au sein de la Coalition n'excède pas deux ans. J'en retire des avantages non négligeables à vie et un salaire confortable. Mais je dois gérer ma mère et une planète remplie de gens qui n'ont pas la moindre idée de ce qui se passe dans l'espace.

Merde alors, j'ai pas besoin de rentrer chez moi pour subir le mécontentement de ma mère. On se parle plusieurs fois par an avec mon frère, la discussion finit toujours par dévier vers ma mère, il m'informe de ce qu'elle fait. Lorsque je la vois par webcam interposée, son visage bouffi et déçu emplit l'écran, son penchant pour le whisky est toujours présent en toile de fond de ses insultes à peine voilées.

Y'a des jours où je me demande pourquoi je me casse la tête à essayer de lui être agréable. Mais j'ai pas envie de me fourrer à nouveau dans ce guêpier.

Non. Je vois pas l'intérêt de rentrer sur Terre. Ça fera pas revenir mon père. Mes frères sont toujours sous les drapeaux, à sauver le monde. Quoi que je fasse, ma mère ne sera jamais satisfaite. J'arrive pas à la cheville de mes frères.

Peu importe que j'œuvre à la sauvegarde de ce putain d'univers.

Qu'est-ce que j'irais foutre chez moi de toute façon ? Mon statut de vétéran me confère certains avantages et après ? On nous a prévenus de ne pas raconter ce qu'on a vu et fait. Nos semblables, des gens peureux, qui paniquent pour un rien, ne pourraient pas comprendre. Je peux même pas raconter ce que j'ai vécu. Ça n'intéresserait absolument pas ma *mère*. Quel humain voudrait d'un vétéran ayant combattu dans la Coalition pour épouse ? Même comme simple petite amie ? Pour quoi serais-je utile à Podunk, au Texas ? Pour rien.

Pendant la bataille au moins, je garde la tête haute, je suis restée en vie et j'ai sauvé la vie de mes frères d'armes. Je faisais partie d'une équipe, on avait besoin de moi. J'ai besoin de ma dose de folie. Tout le monde n'a pas forcément envie de vivre avec de la technologie de la Ruche implantée dans le crâne.

Suis-je stupide ? Probablement. Mais j'ai vu toute une unité de combattants humains se faire déchiqueter par la Ruche, parce qu'ils n'avaient pas été capables de s'organiser entre eux. J'ai vu ce connard bleu sur la colline avec ses potes à la peau bleutée. J'ai été l'une des rares à voir les Nexus en action. J'étais près, assez près pour me faire descendre. Je l'ai tué, j'ai détruit la seule chose que les Renseignements souhaitaient obtenir dans cette guerre. Ces soldats Nexus sont équipés d'une sorte de processeur directement relié au poste de commandement central de la Ruche, relié au reste de la Ruche. Un peu comme des terminaux de radiodiffusion, si on voulait trouver un terme adapté pour la Ruche. La flotte de la Coalition veut se procurer l'un de ces transmetteurs pour essayer de trouver le code, pour brouiller leurs transmissions, et espionner les communications ennemies.

On en a besoin et je suis sur le point de l'obtenir. Demain. Et d'accepter ma récompense ... un bon gros extraterrestre qui me baisera par tous les trous et me fera oublier cette putain de guerre, tous les amis que j'ai perdus. Je vais enfin avoir droit à ma part de bonheur, bordel.

Et revenir sur Terre ? J'ai aucun avenir là-bas. Mais ici, dans la Coalition, je peux avoir un mari. En tant que guerrière de la Flotte, je me suis inscrite aux Epouses Interstellaires. J'ai vu des femmes avec leurs maris sur le cuirassé, je suis jalouse de leur amour. Tous, quels qu'ils soient, Atlans ou Prillons, sont liés par un lien que je n'aurais jamais pu imaginer. Les hommes mariés ne trompent pas leurs femmes. Ils regardent *même pas* ailleurs.

Voilà ce à quoi j'aspire. J'ai besoin de ressentir ce lien. D'avoir des racines. Quelque chose. J'ai accepté de passer le test—uniquement destiné aux guerriers en fin de carrière. Mais ce rêve ? Ai-je réussi ? Je commets peut-être une grossière erreur. Je suis pas franchement attirée par des Atlans dominateurs. J'ai peut-être accepté sa domination en rêve, pendant qu'on baisait. Putain ouais. Mais en vrai ? Non. Ils sont super sur le terrain, d'énormes bêtes qui déchiquettent les lignes de front de la Ruche comme des couteaux qui tranchent dans le lard. Mais de là à en épouser un ? Vivre ma vie avec ? Oh non. Ils sont arrogants, dominateurs ...

« Megan ?

Le docteur me dévisage, je réalise qu'elle me parle. J'ai rien entendu de ce qu'elle m'a dit.

— Désolée. Vous en étiez où ?

— Je vous disais qu'il vous reste deux jours à tenir. Je ne peux pas vous affecter un mari puisque vous combattez toujours. Selon le protocole, je ne peux pas vous choisir de partenaire sans votre consentement mutuel, pas tant que vous servez en tant que combattant de la Coalition. »

Je comprends où elle veut en venir, elle est diplomate. Si je me marie et suis tuée sur le champ de bataille, ce sera injuste pour mon mari. Qui aimerait se marier et découvrir que sa partenaire est morte au combat avant même de l'avoir rencontrée ?

Cette éventualité me sape le moral.

« Je ne suis donc pas mariée.

— Pas encore. A moins que vous mettiez un terme à votre carrière de combattant. C'est une solution.

Je lève la main.

— Non. On va attendre. » J'ai plus que quelques jours à tenir pour essayer de rester en vie. Surveiller mes arrières. Ne pas tomber aux mains de la Ruche. Si je sais de qui il s'agit, je ne pourrais plus me concentrer sur ma mission. Je penserais à lui. A son corps. Sa bouche. Ses mains. Sa bite ...

Elle me regarde d'un air interrogateur et se mord la lèvre.

« Vous pourriez très bien accepter ce mariage. Je n'ai

qu'à appuyer sur un simple bouton. Ce qui veut dire que vous seriez relevée de vos fonctions. Les femmes mariées ne combattent pas. Plus besoin de se planquer ou de risquer de se faire descendre au pistolet laser, de se préoccuper de rester en vie. Terminés les combats, Megan. Adieu la Ruche. »

Toute combattante de la Coalition qui se marie et accepte les résultats du test est automatiquement considérée comme « hors service » et intégrée dans le Programme des Epouses Interstellaires. Sa main hésite sur la tablette, probablement au-dessus de *Accepter*.

L'idée me plaît mais je refuse. Je peux pas laisser tomber mon bataillon. J'ai fait mon choix—la douleur lancinante dans ma tête en est la preuve. J'ai une dernière mission à accomplir, un dernier bâtard à peau bleue à descendre. Il en va de la vie de milliards de gens sur des centaines de planètes. C'est tout de même pas ma mère qui va me faire changer d'avis ?

Je regarde le docteur Moor et pose ma main sur son poignet afin de stopper son geste. « Je peux pas leur faire ça. Je peux attendre quelques jours. Comme vous dites, personne ne m'attend. »

Je me lève, prends mon pistolet laser sur son bureau et le fourre dans mon holster. J'ai peut-être vécu l'un des meilleurs orgasmes de ma vie mais je suis toujours un combattant de la Coalition, un membre du service des Renseignements. Mon mari comprendra que mon devoir passe avant tout. Si on est aussi parfaitement assortis que ça, il *comprendra*.

Son sourire faiblit quelque peu. « Très bien. Je note

sur votre dossier que vous refusez un mariage immédiat—

J'ouvre la bouche pour protester. Putain non. Je veux me marier. C'est juste que—

— Pour le moment, Megan. Pour le moment. Faites ce que vous avez à faire. Vous vous marierez à votre retour. Vous êtes libre, vous n'aurez aucun problème à trouver un partenaire.

— Je suis toujours célibataire.

Elle sourit.

— Une notion très terrienne. Oui, vous êtes toujours célibataire. Sans attaches. Sauf que vous êtes mariée avec la Ruche, avec le combat. Restez en vie, on se revoit dans deux jours, une fois que votre service sous les drapeaux sera terminé. »

3

*S*eigneur de guerre Nyko de Atlan, Secteur 437, Bataillon Karter, Unité d'Infanterie, Planète Latiri 4

Depuis maintenant deux heures, une nuée de sentinelles ennemies se déploie sur les collines environnant Latiri 4. Peu importe le nombre de ces connards qu'on dégomme, d'autres arrivent.

De plus en plus nombreux.

« On se bouge ! » hurle notre commandant, le seigneur de guerre Wulf est en mode bête, on croirait entendre un canon retentir sur le champ de bataille. Il mesure deux mètres soixante, ses épaules et ses bras sont plus larges que la colonne en pierre à côté de moi. L'armure spécialement conçue pour mon bataillon s'adapte et colle à notre peau, donnant toute latitude à nos bêtes pour se battre et se métamorphoser.

Mes pieds martèlent le sol rocailleux, mes bottes de

combat ébranlent le sol tels des marteaux tandis que mon bataillon de bêtes Atlannes se précipite vers la dernière plateforme de téléportation intacte afin de se tirer de cet enfer.

On est dépassés et pas assez nombreux. La planète est parcourue d'un réseau de failles magnétiques et de rochers qui bloquent nos scanners et nos communications. Les drones envoyés en éclaireurs pour examiner le terrain ont très largement sous-estimé les forces de la Ruche, à moins qu'ils en aient envoyé bien plus depuis le début de l'assaut. Peu importe qu'on soit en mode bête. Peu importe qu'on arrache la tête de toutes les créatures de la Ruche qu'on va rencontrer. On est dépassés. Nos bêtes combattent aveuglément, les Atlans que nous sommes aussi réfléchissent. Cette combinaison, cette alliance, nous permet de rester en vie jusqu'au prochain combat. Mais aujourd'hui nous devons battre en retraite, nous regrouper et revenir avec des armes, des guerriers et des armures. En plus grand nombre.

On va tous crever si on reste là. C'est pas la première fois que ça arrive. On va décamper, échafauder de nouveaux plans et revenir dans quelques heures. Cette planète doit repasser sous contrôle de la flotte de la Coalition afin de ne plus être une base potentielle pour les raids de la Ruche, nous devons mettre fin à leurs missions visant à capturer les citoyens des planètes sous notre protection dans un périmètre proche du système solaire.

Les Unités d'Intégration, ces ennemis spécialisés dans la torture des prisonniers, qui injectent leur technologie de la Ruche et essaient de leur faire des lavages de cerveau, n'ont qu'à aller se faire foutre ailleurs. Dans un autre système solaire. Ils n'ont qu'à aller recruter dans une autre civilisation sous développée ou sans défense.

On les lâchera pas. On les traquera, tout comme Karter, le commandant Prillon responsable de ce bataillon. Chaque guerrier de la flotte est là pour une seule et même raison, protéger sa planète et ses proches. Protéger toutes les planètes contre la menace de la Ruche. La civilisation de la Ruche ne conquiert rien, elle détruit tout sur son passage. Elle anéantit tout et tout le monde, sème le chaos. Ne laissant pas même la liberté de penser.

Les seigneurs de guerre qui m'entourent, mes amis, servent tous une noble cause. Je me suis enrôlé pour l'honneur, pour arracher les bras des sentinelles de la Ruche, leur arracher la tête, me procure une jouissance brutale qui tombe à propos dans une vie parfois terne et vide.

Certains guerriers Atlans ont des familles, ils ont des femmes qui attendent leur retour sur Atlan pour débuter une nouvelle vie. Ils ont des frères et sœurs, des parents, des cousins. Je n'ai personne, pas de famille, pas de femme, rien ne me pousse à combattre, hormis les bêtes qui combattent à mes côtés. Ce bataillon est ma seule famille, c'est le cas depuis des années maintenant, je n'ai pas la moindre envie de les quitter.

Mais mon corps est en train de me trahir. Alors que la Ruche nous persécute, nous traque, ma bête s'emballe, elle grandit au fur et à mesure des jours qui passent. Elle se languit de prendre femme. J'ai la fièvre, et sous peu, il faudra que je me case. Sous peine de mourir.

Bientôt, la bête va se retourner contre moi, elle est en

manque, elle tuera quiconque requiert mon attention, ami ou ennemi. La fièvre d'accouplement bouillonne en moi telle un poison, ni la volonté ni la fierté ne peuvent venir à bout de cette bête qui grandit en moi tel un monstre. Elle ne pense qu'à sa partenaire. C'est parfait dans le feu de l'action, ça devient dangereux à bord du cuirassé.

« La Ruche ! » A côté de moi, mon ami Angher me donne un coup d'épaule et se rue sur trois soldats de la Ruche qui se pointent près d'un énorme rocher afin de nous bloquer la route ou de nous écraser dessous. Ils sont plus grands et plus costauds que les sentinelles qu'on déchiquette depuis des heures.

Bien plus difficiles à tuer.

Ma bête pousse un rugissement de défi tandis que je cours après Ang, deux immenses seigneurs de guerre Atlans sont à fleur de peau, le besoin de tuer se fait sentir. Son état de santé fragile—et précaire—l'a poussé à partir il y a quelques semaines et à s'enrôler pour passer les tests de recrutement du Programme des Epouses Interstellaires. J'aurais dû l'accompagner mais je n'étais pas encore en proie à la fièvre.

La fièvre d'accouplement s'intensifie, je crains malheureusement que mon épouse n'arrive trop tard pour me sauver. Quelle qu'elle soit. Où qu'elle soit. Vu la rage meurtrière d'Ang, je sais qu'il va subir le même sort. On va lui trouver une femme compatible, il l'épousera, la fièvre sera entièrement domptée. Quant à moi, si je ne trouve pas de partenaire immédiatement, je finirai en prison et exécuté, afin de ne plus représenter un danger pour moi-même et autrui.

Seule la mort peut arrêter une bête Atlanne en proie à la fièvre d'accouplement.

La mort ou une femme. Les femmes célibataires sont rares au sein de la Flotte, les quelques femmes vivant à bord des vaisseaux sont soit déjà mariées, soit des combattantes butées à tel point qu'elles en deviennent insupportables. L'une d'elle en particulier m'a causée plus d'une nuit de tourment.

Megan Simmons. C'est un soldat humain de la Coalition incorporée dans le bataillon depuis deux ans. Elle est capitaine mais passe d'une unité à l'autre, elle ne tient pas en place. Elle est indisciplinée et lunatique, elle cache je ne sais quels lourds secrets. Elle est récemment partie avec le Capitaine Seth Mills de la patrouille de reconnaissance 3. On les a escortés et protégés lors de plusieurs missions au cours des derniers mois. A chaque fois, il m'a semblé qu'elle faisait exprès de pousser ma patience à bout. Même Seth, un humain que j'apprécie et respecte, un humain dont la sœur est mariée à l'un de mes frères Atlan, ne parvient pas à la canaliser. Il a bien essayé de la faire changer mais il n'a pas réussi à faire en sorte qu'elle arrête de m'asticoter, c'est peine perdue.

J'aurais bien voulu lui mettre un peu de plomb dans la tête mais elle n'est pas à moi et ne le sera jamais. Grâce à dieu. Cette femme est une source d'ennuis. A coup sûr, elle et son bataillon doivent être en train de passer les ravins au peigne fin pour débusquer les ennemis de leurs cachettes.

La semaine dernière, elle est tombée sur un trio de la Ruche et a essayé d'en tuer trois de ses propres mains. Sans l'aide d'aucun Atlan. Mais qu'est-ce qu'elle a dans la tête ? Son bataillon et elle, sont pires que des kamikazes, aucun de ces stupides humains ne semblent vouloir le reconnaître. Ils en ont rien à foutre de mourir. Surtout Megan Simmons.

J'ai une grosse envie de lui donner une bonne fessée, histoire de lui faire comprendre qu'elle va se faire buter. Son imprudence me fait copieusement chier. Je me demande pourquoi je veille sur elle, Dieu sait que les combattants, hommes ou femmes de la Coalition ne manquent pas. J'ignore pourquoi j'ai autant envie de *lui* donner une fessée pour la punir de sa prise de risque inconsidérée.

J'ai un truc qui cloche. Ma bête me fait perdre la tête, surtout lorsqu'il s'agit de Megan Simmons. Je passe mes nuits à fixer le plafond, à rêver de sa peau mate, de ses cheveux noirs, de ses fesses rebondies. Elle est grande et musclée. C'est une femme qui a de la force.

J'ai toujours rêvé d'une femme douce et gentille, que je pourrais dominer, qui apaiserait mon corps et mon âme.

Megan Simmons défie quiconque ose se mettre en travers de son chemin, Atlan, Prillon ou humain. Elle n'a pas la langue dans sa poche, elle ne craint rien ni personne. Elle téméraire. Rebelle.

Je bande et me rebelle. Les femmes Atlannes ne combattent pas. Elles ne remettent pas en cause l'autorité ni ne partent au combat. Elles sont là pour apaiser les bêtes qui dorment en nous, nous aider à garder la tête froide, tuer et baiser sont les deux maîtres-mots que nous sommes en mesure de comprendre.

« Nyko ? hurle le commandant Wulf en s'écartant de la Ruche, je suis à deux pas, Ang est juste devant moi.

— A l'assaut ! » Ma voix rauque retentit sur le bataillon, Wulf me sourit, sa bête est affamée de chaos, de destruction, Ang et moi-même nous occupons des trois soldats avec le reste du bataillon. Le reste de notre escadron avance, se rapproche de plus en plus de la plateforme de téléportation. On doit se casser de cette foutue planète. Immédiatement.

Je me tourne juste à temps pour voir les soldats de la Ruche nous regarder, la stupeur se lit dans leurs yeux gris clair tandis qu'Ang attrape le premier par la nuque et le fait décoller du sol par la seule force de sa main. De son autre main libre, Ang accède à la colonne vertébrale de ce soldat, d'ici quelques secondes, sa tête ne sera plus attachée sur ses épaules. Ang est spécialisé dans l'arrachage des têtes. Il a perdu son jeune frère l'année dernière à cause de la Ruche, sa haine galvanise la colère de sa bête, une colère extrêmement difficile à maîtriser.

Ma cible dégaine son arme tandis que je m'approche et tire à bout portant. L'explosion résonne dans ma poitrine à travers mon armure, la chaleur me frappe de plein fouet.

J'ai pas le temps de faire le jeu d'Ang, un troisième soldat situé derrière le premier me met en joue et tire.

La douleur irradie dans mon épaule gauche, je sais que je vais devoir me servir de la baguette ReGen dans ma trousse de combat pour retrouver l'usage de mon épaule. Mes blessures attendront. Y'a pire. Bien pire.

J'éclate la tête du mec de la Ruche contre un rocher, satisfait d'entendre le craquement de ses os tandis que j'enjambe son corps et me rue derrière le troisième soldat.

Saloperie de Ruche. Ils se déplacent toujours par trois. Trois sentinelles. Trois soldats. Trois. Trois. Trois.

Ils ne savent pas agir seuls. Ils ne parlent même pas comme des mecs normaux. Leurs phrases commencent toujours par « nous ».

J'attrape le troisième soldat par le pied et le fais tournoyer jusqu'à ce qu'il se retrouve parallèle au sol. Il se débat, essaie de m'attraper, de me forcer à le lâcher. La Ruche sous-estime une bête Atlanne. Ils ne connaissent pas notre force et notre pouvoir puisqu'aucun d'eux ne revient jamais, nous les éliminons. Il ne fait pas exception à la règle, il doit se croire plus fort que moi.

Parfait.

Je fracasse son dos sur le rocher avant de lui rompre le cou, j'entends les os de sa colonne vertébrale se briser *crac- crac - crac* et les implants métalliques céder, son corps se contorsionne dans les affres de l'agonie.

Agenouillé par terre, je lève la tête vers Ang, occupé à courir pour rattraper notre escadron qui se dirige vers la plateforme de téléportation.

Je me relève rapidement, m'étire et me tourne pour les suivre lorsqu'un cri retentit.

Un humain. Je connais cette voix. Quelqu'un a des problèmes.

Le bruit provient d'une profonde faille derrière le rocher, dans la direction prise par les soldats de la Ruche, désormais morts, après être tombés entre nos mains.

Mon escadron est devant moi. Le Commandant Wulf se trouve sur la colline, la plateforme de téléportation est derrière moi, il balance les sentinelles de la Ruche par-dessus sa tête, on dirait un bélier qui envoie valdinguer des poupées. Les seigneurs de guerre, tous en mode bête, se tiennent près de la plateforme de téléportation. Les guerriers sont en rang, Prillon, humains, Trion, avec toutes les autres races de la Flotte, les Atlans se fraient un chemin pour que tout le monde puisse embarquer à bord du vaisseau.

« Vite. » Je ne m'adresse à personne en particulier, ma bête s'agite. Des centaines de soldats de la Ruche s'infiltrent partout à moins de deux kilomètres de la plateforme de téléportation. S'ils arrivent à atteindre nos soldats avant qu'on s'en aille, on est morts.

On est en train de perdre la bataille, la Ruche nous surpasse en nombre, nous ne l'avions pas prévu. Le Commandant Karter est loin d'être stupide. Il va rappeler ses guerriers, les regrouper, nous reviendrons frapper dans les prochains jours.

Je peux soit rejoindre mon bataillon et me tirer de cette terre gorgée de sang, soit rester à couvert dans le canyon jusqu'à demain. Le poste d'exfiltration n'est pas bien loin. Je pourrais y passer la nuit et envoyer un signal pour qu'on vienne nous chercher, moi et ce petit soldat effrayé, demain. Tout comme nous, la Ruche n'est pas équipée de capteurs capables de pénétrer les barrières rocheuses métalliques. Avec tous ces rochers et ces ravins susceptibles de constituer des cachettes, ils n'auront aucun moyen de nous trouver, de nous débusquer et de nous tuer. Ils n'attaqueront que s'ils nous voient. On sera en sécurité si on ne se montre pas. Un autre cri parvient du ravin, un cri de colère cette fois, ma décision est prise.

Ou plutôt, la bête décide à ma place, je suis pas d'humeur à ergoter. Je peux pas. C'est trop tard.

Je me précipite vers le rocher, regarde dans le ravin. Les roches gris anthracite et noires forment un couloir étroit, long de deux kilomètres. Je vois le bout du tunnel, comme si le sol avait décidé de s'ouvrir un tout petit peu en deux, pile à cet endroit.

Derrière moi, et partout sur cette planète oubliée des Dieux, les roches sont rouges ou ocres, un océan de couleurs monochromes à perte de vue, un désert minéral.

Ici, les roches sont noires, grises et argentées, les profondeurs de la planète exposent ses muscles telle une plaie béante. Comme si la planète était entaillée, toutes entrailles dehors.

Trois soldats de la Ruche se tiennent devant moi. Ils retiennent quelqu'un prisonnier dans le ravin. Je reconnais la silhouette d'un humain en armure, il escalade le rocher pour tenter de leur échapper et, porte l'uniforme des patrouilles de reconnaissance humaine. Par terre, les cadavres d'une douzaine de soldats de la Ruche et de quatre humains jonchent le sol.

Personne ne bouge.

L'humain grimpe sur la paroi rocheuse tel un insecte dans les anfractuosités de ce relief accidenté. Une grotte dans la paroi de la falaise ménage une entrée lumineuse tel un diamant scintillant au cou d'une femme. L'humain se dirige visiblement vers cette grotte. Une tactique intelligente offrant un abri temporaire. Haut perché. L'humain envisag peut-être de s'y réfugier.

Pourquoi la Ruche ne dégomme pas l'humain qui

escalade la paroi ? Pourquoi ne grimpent-ils pas ? Pourquoi …

Je plisse les yeux, le grondement de ma bête résonne sourdement dans ma poitrine. Qu'est-ce qui se passe ? Je me faufile sans passer à l'offensive. Ma bête se montre prudente. J'ai jamais vu la Ruche se comporter de la sorte, je combats pourtant depuis une bonne dizaine d'années. Il ne s'agit pas de sentinelles ou de soldats de la Ruche. C'est autre chose, un mélange des deux.

Ils sont étranges mais ne tirent pas sur cet humain, ils le … prennent en filature—

« Venez ! » L'humain hurle quelque chose, les excite, le défi s'entend dans la voix de cette femme. Ma bête s'immobilise tandis que la voix envahit mon corps et descend direct dans ma bite.

A moi !

La bête ne bronche pas mais murmure, se repaît de ce mot comme si c'était un vin de qualité tout droit sorti des caves d'Atlan. Elle ne me demande pas la permission ou mon accord. Elle m'informe tout simplement des faits.

Je l'ignore. Ça fait des années que je rêve de trouver une femme douce et disposée à m'épouser. La fièvre entrave mon jugement mais le moment est mal venu pour argumenter avec ma bête.

Je suis trop loin pour reconnaître sa voix. J'ignore de qui il s'agit mais apparemment, ma bête le sait. Elle la désire, la fièvre d'accouplement bouillonne en moi avec une vigueur renouvelée, ma bite en érection me gêne sous mon armure.

Elle les défie, l'un d'eux la prend en chasse. Pourquoi

? Elle a perdu la tête ? Elle a plus envie de vivre ? Elle hallucine ? A moins qu'elle soit complètement tarée ?

Ces trucs étranges de la Ruche s'approchent de la base de la paroi rocheuse—forcément—la bête les suit en silence, les traque au plus près, comme un vrai prédateur. Je me force à réfléchir, à dépasser l'instinct protecteur qui fait rage chez la bête. J'ai jamais été confronté à un tel désir ni à l'instinct protecteur depuis que je combats. Oui, je veux que mon escadron et ceux que nous protégeons soient sains et saufs mais là c'est différent. Une rage torride m'envahit, tel du magma. Ma bête réclame son dû, elle veut éliminer la menace.

Elle est *à moi*.

Un sentiment plus sombre, plus profond, plus fort, inconnu, s'empare de moi telle une chape de glace. La colère et les paroles en l'air sont des émotions futiles. Ce besoin de tuer la Ruche n'a rien de futile, c'est un instinct froid, calculateur et délibéré. Ils doivent périr. C'est *elle* qu'ils veulent, ils ne la toucheront pas. Elle est à moi. Recouverte d'une armure de la tête aux pieds, elle s'accroche comme un insecte à la paroi rocheuse. Forte. Courageuse. Agressive. A moi. Pour toujours.

Au-dessus de ma tête, l'humaine a presque réussi à atteindre l'entrée de la grotte, hors de portée de tir de la Ruche. Ils se contentent de la regarder comme une bête curieuse. Ils ne tirent pas, je ne comprends pas pourquoi ils ne descendent pas cette humaine. Pourquoi ne la tuent-ils pas ? Ils peuvent soigner et régénérer la majeure partie des blessures de leurs prisonniers. Il ne fait aucun doute qu'ils seraient tout à fait à même de soigner les blessures provoquées par sa chute sur les rochers, même d'une telle hauteur. Ils leur suffiraient de la transporter vers un caisson ReGen et de soigner son petit corps d'humaine fragile avant de débuter le processus d'intégration. Mais alors, pourquoi la laissent-ils s'enfuir ? Pourquoi la traquer, la suivre, comme s'ils voulaient lui laisser la vie sauve ?

La Ruche la veut vivante.

J'observe la Ruche tout en m'approchant, ma curiosité va crescendo tandis que je progresse en silence. Ils sont là, comme d'habitude mais j'en ai jamais vus de semblables.

Le chef est au centre, il mesure trente bons centimètres de plus que ses compagnons, il est presque aussi baraqué que moi. Ils portent tous les trois une étrange armure argentée en graphite, je n'en ai jamais vue de pareille. Le trio s'éloigne, je ne vois pas leurs yeux argentés mais leur peau bleu foncé est aussi lisse que la surface de l'eau. Ils portent des casques étranges, leur géométrie et leur design sont uniques. Le plus bizarre c'est que leurs harnachements portent une étrange excroissance qui leur sort du dos, à la base du crâne, un instrument incurvé qui ressemble à—non.

C'est impossible.

Le chef bondit, son corps parcourt la moitié de la distance jusqu'à la grotte en un seul bond, ses mains et ses pieds prennent appui sur les rochers. Il se met à grimper.

La femme disparaît dans la grotte, le chef de la Ruche grimpe vers elle avec une vigueur décuplée, on dirait qu'il craint qu'elle lui échappe.

La seconde créature de la Ruche à la peau bleue

bondit à son tour, je ne peux plus rester planté là sans rien faire.

Je me rue vers eux, ma bête rugit tandis que j'arrache la tête du mec de la Ruche resté au sol. Son sang me colle aux mains, épais, gluant, une sorte de boue noire méconnue.

Les soldats de la Ruche sont des entités biologiques venant de mondes connus. Prillon Prime. Everis. Trion. De centaines d'autres planètes.

Aucune de ces races n'a de sang noir.

Le premier soldat de la Ruche bondit sur le sol, le second, alerté par une sorte de sixième sens, stoppe net son ascension et regarde dans ma direction.

Le chef s'arrête, ils se regardent, un autre hoche la tête, comme s'il donnait un ordre—ou une permission—la créature de la Ruche la plus proche atterrit sur le sol pour m'affronter.

Autre bizarrerie. La Ruche ne suit pas les ordres de cette façon, aucun ne commande ses frères d'armes. Les ordres proviennent d'une intelligence centralisée et de centres de décision, jamais du champ de bataille.

Il atterrit devant moi, se réceptionne sans problème. « Laisse-nous, seigneur de guerre. »

C'est quoi ce bordel ? La Ruche parle d'une voix ... normale. Comme n'importe quel homme. Pas de langage ampoulé. Pas de cadence bizarre ou monotone, type robot. Il est ... unique. Un vrai individu.

C'est *pas* la Ruche.

Ma bête se fout complètement de ce mec à la peau bleue et de son armure argentée, il avance, s'approche de plus en plus près de l'entrée de la grotte, de la femme qu'il considère comme sienne. La bête a envie de le déchiqueter et d'en finir avec lui.

Le mec devant moi n'est pas déstabilisé pour autant, j'avoue que c'est extrêmement rare, et pour le moins étrange. Le commandant Karter saurait certainement ce qui se passe, qui sont ces *choses*.

« Qui êtes-vous ?

Ma bête gronde sourdement, mais la Ruche comprend.

—Nexus 9. »

Putain c'est quoi Nexus ? Pourquoi il répond ? Ma question était purement rhétorique, il n'avait pas à répondre. Ils ne jurent que par la domination et l'intégration. Il répond parce qu'il s'attend à ce que je ne vive pas assez longtemps pour me servir de sa réponse.

Un pistolet laser retentit, de *l'intérieur* de la grotte, la bête perd patience.

Je me déplace en un clin d'œil, j'attrape l'étrange soldat de la Ruche et lui brise la nuque, il devient tout flasque, le coup de son pistolet laser est parti. Je traîne le poids mort vers les rochers et le laisse là. La déflagration de son pistolet laser a endommagé mon armure. La chaleur de l'impact me brûle au niveau de la hanche, ce n'est qu'une légère brûlure.

Je n'utilise que rarement les pleins pouvoirs de ma bête, je m'accroupis pour mieux bondir, la puissance de la bête est décuplée, je ne vais pas m'en plaindre pour une fois. Nous bondissons à l'entrée de la grotte, prêts à *la* défendre.

4

Megan

LE CHEF de l'unité Nexus fait trois pas dans la grotte avant de réaliser son erreur.

Je me trouve près de l'entrée, cachée par un affleurement de magnétite qui bloque les capteurs de la Ruche ainsi que toutes les communications avec l'extérieur—dans le cas présent—l'univers. Son univers. La mémoire centrale de la Ruche.

La grotte est entièrement tapissée de minerai de magnétite, ce canyon est une anomalie de la nature que nous avons l'habitude d'utiliser pour piéger ces bâtards.

Je n'ai plus qu'à le tuer et voler la technologie reliée à sa moelle épinière via le casque, lui-même relié à la Ruche.

Ce bâtard à la peau bleue est une espèce rare, son existence n'est pas une simple rumeur qui court parmi les Services de Renseignements de la Flotte de la Coalition ... la preuve.

J'entends une bête Atlanne grogner à l'extérieur, il m'a forcément suivi. Quelques secondes plus tard, le Nexus qui se tient devant moi se contorsionne, ses pieds s'agitent, comme terrassé par la douleur physique —ou psychique—d'un membre arraché.

Ses deux amis sont assez près pour qu'ils soient tous connectés.

Ces enculés sont tous connectés les uns aux autres. Nous—membres du Service des Renseignements—le savons pertinemment, *comment*, c'est une autre paire de manche. C'est pas bien grave. Nul doute que la bête à l'extérieur va régler leur compte à ses deux potes Nexus. Les Atlans ne sont pas des combattants très civilisés, la Ruche non plus. Surtout mes poursuivants. Ce trio.

Cette bête Atlanne se débarrassera facilement des deux restants. J'ai pas le moindre doute. Il ne restera que ce bâtard bleu dans la grotte ... et moi.

Cette créature est la clé du puzzle nous permettant d'accéder à la mémoire centrale de la Ruche, pour comprendre comment anéantir cette emprise psychique exercée sur leurs sentinelles et leurs soldats, pour éliminer cette menace technologique implantée dans l'organisme des vétérans. Ces soldats finissent leurs vies sur la Colonie, par crainte de représenter un danger pour leurs propres planètes.

Le Nexus titube en avant dans la grotte, la bête gigantesque va faire irruption d'ici quelques secondes et bousiller mes plans.

J'enclenche le perturbateur neural, cette arme remise

par le docteur Helion, le chef du Service des Renseignements et pousse un soupir de soulagement en voyant cette gigantesque créature Nexus tomber à genoux. Il porte instinctivement les mains à sa tête en signe de douleur—si on peut qualifier de douleur ce que ressentent ces *choses*—je sors de ma cachette et m'éloigne, tout en gardant un doigt sur la détente.

Il—non *cette chose*—retire son casque et se tourne vers moi, bien que je sois persuadée de ne pas avoir fait le moindre bruit.

« Qui es-tu ? »

Sa voix est calme, sans la moindre trace de bravade, de nervosité ou de crainte, comme si on était deux potes en train de pique-niquer dans un parc. Il s'agit bien de *sa* voix. J'ai déjà entendu parler des soldats de la Ruche, leur voix est figée, étrange, ils parlent d'eux en utilisant le terme « nous » au lieu de « je ».

« Dis-moi qui tu es. Tu n'es pas l'une des nôtres, je le sens. Je sens une certaine douceur dans ton esprit. »

La créature me regarde comme si j'étais un miracle, comme s'il—non, comme si cette chose—me trouvait désirable. Ses traits sont réguliers, clairement humains, abstraction faite de cette couleur étrange. Bleu foncé mais pas le bleu des guerriers Xerima, je le trouverais presque séduisant si c'était pas un soldat de La Ruche. Y'a un truc qui cloche. C'est pas normal.

Bon sang mais où il veut en venir ? *Je sens une certaine douceur dans ton esprit*. Putain ça fout la trouille.

« Qui es-tu ? »

Il me regarde d'un air perplexe, comme un petit chiot curieux, je dois me faire violence pour me rappeler qu'il s'agit d'un tueur redoutablement efficace. Un assassin en puissance. Le leader des créatures qui traquent et tuent des millions et des milliards de personnes dans l'univers. Il cligne doucement des yeux et m'observe. « Tu ressembles à une terrienne, à moins que tu ne sois une citoyenne Trion ? »

Il s'agenouille et attend patiemment ma réponse. La créature a la peau d'un bleu aussi foncé qu'un ciel de minuit. Ses yeux sont d'un noir insondable. Sa peau est parfaite, plus souple que le métal poli de son uniforme argenté et anthracite, si brillant que je vois mon reflet au niveau de son épaule.

« Qui es-tu ? Je lui réponds. Je n'ai jamais vu de créature pareille. Ni personne avant moi.

— Je suis Nexus 9.

Je secoue la tête et pointe mon pistolet neural sur son visage.

— Non. Tu étais qui, avant ? » Je lui pose la question, j'ai rien à perdre. Je veux savoir. La curiosité est un vilain défaut mais cette créature est fascinante au possible. Troublante. Tel un cadavre estropié allongé près d'une carcasse de voiture. Je ne peux pas en détacher mes yeux.

« J'ai toujours été comme ça. Mais c'est pas ton cas. » Il cligne des yeux, ses lourdes paupières bleu foncé recouvrent les puits sans fond de son regard hypnotique, juste assez pour que je reprenne mon sang-froid. Je recule juste à temps pour voir un éclair de lumière traverser les fibres neurales à la base de son crâne.

« Non. » Le ronronnement dans ma tête s'intensifie, dû à la proximité de la créature. Non, je ne suis pas comme lui. Je m'approche, par curiosité. Le lien neural que le docteur Helion m'a implanté dans le crâne vibre de façon étrangement hypnotique tandis que je regarde ses yeux noirs. Les cerveaux sont dépourvus d'yeux ou d'oreilles, j'ignore ce qui m'arrive, j'avance d'un pas, je me sens comme ivre. Envoûtée.

« Tu m'as fait venir ici. »

Il—la chose—me sourit et j'avance d'un autre pas, je tends la main pour toucher sa joue. J'ai envie de le toucher, sa peau bleue a l'air si douce, si parfaite. Je veux le toucher, juste une fois. Puis je le tuerai, je prendrai son casque et l'implant neural et le rapporterai à Helion.

Ses yeux. Ils sont noirs, dénués de toute couleur, profonds. On dirait des abysses, aucune lumière ne s'y reflète. Les deux chochottes à l'extérieur de la grotte ont des yeux argentés. *Répugnants.*

Pourquoi je pense à ça ? On dirait que mes propres pensées se mêlent à celles de ce Nexus, j'ai du mal à les différencier l'une de l'autre.

La bête à l'extérieur de la grotte fait de plus en plus de bruit, elle tue un autre soldat de la Ruche, je ressens cette fois-ci la douleur du Nexus qui se tord devant moi.

Perte. Agonie. Désespoir. Comme si on m'avait arraché la jambe.

Je tombe à genoux tandis que la douleur m'envahit. La créature Nexus se lève et se dirige vers moi.

Il est immense, presque aussi grand que la bête à l'extérieur, il s'approche de moi, sa présence m'apaise. Ma douleur faiblit dans mon esprit, remplacée par ce ronronnement qui bloque toutes mes pensées, toutes mes sensations. Plus rien n'existe hormis le lien qui me lie à cette créature, ce lien qu'il m'offre. Je ne serai plus jamais seule. Je n'aurai plus jamais peur. Je lui appartiendrai ... à lui.

Une main bleu foncé touche ma joue, je ferme les paupières, incapable de me soustraire à sa caresse.

J'ai envie qu'il me touche, je sais que sans ça, je me sentirais ... vide. Seule. Mon dieu je me sens tellement seule au fond de moi. Ce sentiment de solitude me fait l'effet d'un gouffre, je sanglote, la douleur est étouffante. Tel un dieu, son esprit pénètre le mien, m'offrant réconfort, et bien-être...

Non. Non. Non.

Je secoue la tête, j'essaie de me raisonner tandis qu'il me touche, des étincelles parcourent mon corps. Je pousse un cri face à cette sensation étrange, comme s'il avait réussi à rentrer ses doigts dans mon esprit, comme s'il branlait mon âme.

C'est plutôt pas mal. J'aime ça. De plus en plus.

Un bruit de tonnerre provient de l'entrée de la grotte. Avant que j'aie le temps de me retourner, la créature est morte, anéantie par la rage de cette bête Atlanne.

Le charme se rompt, je réalise alors l'horreur abjecte de ce que j'ai fait, de mes pensées. J'ai failli me mettre sur le dos pour que ce Nexus me gratte le ventre comme un chien. J'aurais pu me pelotonner, me rouler en boule sur le sol de cette grotte et ... disparaître.

Comment ai-je pu ? J'ai failli permettre à cette *chose* de me caresser. Je voulais la toucher. Ça me plaisait.

Oh. Mon. Dieu.

Je dois me tirer d'ici. La prochaine fois, Helion et les Services de Renseignements n'auront qu'à envoyer quelqu'un d'autre pour faire sortir ces enculés de leur cachette. On ne m'y reprendra pas ... hors de question. Ma tête va éclater, j'ai l'impression d'avoir une tronçonneuse allumée à la place du cerveau. Il a touché ma joue et atteint mon esprit. Je me sens sale, souillée. Violée.

Et seule. Tellement seule. Il ne s'agit pas de la solitude qui m'empoisonne habituellement, non, c'est bien plus profond. Un peu comme si j'allais mourir si cette chose ne me touchait pas, je me serais évanouie dans le néant, dans le brouillard, j'aurais flotté au gré du vent. Comme si je n'existais pas. Mon corps est irréel ...

Cette créature m'a fait quelque chose ? Aux implants qu'Helion m'a implantés dans le crâne ?

Putain. Je frotte la base de mon crâne, à l'emplacement de la petite protubérance dure sous mes doigts. Je dois me tirer d'ici, filer au dispensaire et voir le docteur Helion. Il doit à tout prix m'enlever cet implant. Maintenant. Tout de suite.

Je me lève d'un pas mal assuré et me dirige vers la sortie, vers la lumière, je m'éloigne et percute quelqu'un. La bête combat pour nos vies et me traque en même temps. Il gueule tandis que j'approche de l'entrée de la grotte. « Non, reste là ! La Ruche ! Y'en a plein. »

J'ai déjà combattu avec des seigneurs de guerre Atlan, j'ai compris, j'ai l'habitude du vocabulaire simple, droit à l'essentiel, de leurs bêtes. La Ruche est à l'extérieur de la grotte, en plus du trio de Nexus. Si la bête Atlanne dit qu'ils sont nombreux, autant dire qu'il doit y en avoir des tonnes.

On est dans la merde. Je suis déjà venue ici avec mon escadron avant d'entrer en contact avec les Nexus. Je connais les autres combattants de la Coalition depuis longtemps, des volontaires venus des quatre coins de l'univers. On s'est entraînés ensemble y'a quelques jours à peine. Ils sont tous morts au combat depuis, ça a été dur. Je suis donc la seule à avoir survécu ? Ce chef Nexus voulait se connecter avec mon implant, prendre le contrôle de mes pensées et de mes émotions, faire en sorte que je fusionne avec lui ? Ce truc que j'ai dans le *crâne* est si important que ça ? La Ruche s'est déployée et a terrassé la globalité des forces de la Coalition au sol, le choc a été dur à encaisser. On est en train de perdre cette planète, pour le moment du moins.

J'ai ma propre mission à accomplir, me voici donc piégée en territoire ennemi. Cette bête qui paraissait si grande dans la grotte se retrouve piégée avec moi.

J'ai retrouvé mon sang-froid, la bête est toujours aux prises avec la créature Nexus. Ce truc n'est pas aussi grand et musclé que la bête, mais la Ruche utilise des implants microscopiques pour augmenter leur vitesse et atteindre des niveaux surhumains. Celle-ci est spéciale. Très très spéciale.

Je ne suis pas certaine que la bête arrive à la dompter. Ils se battent, les muscles de la bête se contractent comme jamais, mais elle n'a pas le dessus. Il est hors de question que je reste seule dans la grotte avec cette chose. Ma tête va se remettre à vibrer et je vais me faire baiser, je serai sous l'emprise de ce monstre.

Je dégaine un pistolet laser et hurle à l'adresse de la bête.

« Jette-le contre le mur. Je vais l'exploser ! »

J'ignore son nom, j'ignore tout du guerrier Atlan caché sous ce casque. Mon bataillon en compte plusieurs centaines et je ne les reconnais pas tous en mode bête. En outre, son armure cache son visage, mais peu importe. Il est de mon côté et je dois tuer ce salopard bleu. Cet Atlan doit être dominateur, arrogant, macho comme ses semblables. Mais nous devons travailler en équipe, marche ou crève.

Il m'a entendue. Une seconde plus tard, il soulève littéralement le Nexus du sol et l'envoie valdinguer contre la paroi de la grotte.

Le Nexus s'écrase lourdement avec son armure argentée mais ne tombe pas. Du moins pas comme je l'espérais. Il virevolte et rebondit sur ses pieds comme un putain de chat.

Il me fixe, l'étrange ronronnement dans ma tête se fait de nouveau sentir.

« Oh, que non. » Je le mets en joue, je tire et le touche en pleine poitrine.

Le tir ne lui fait pas grand-chose mais je continue de tirer en plein dans le mille. C'est pas très efficace, ça a au moins le mérite de l'empêcher d'attaquer la bête.

La créature fait un pas vers moi mais une explosion se fait entendre, touchant le Nexus en pleine tête.

Il tombe à genoux, un frisson me parcourt tandis que je lui tire dessus. L'arme du monstre, plus puissante que la mienne, est toujours sortie tandis qu'il s'approche de la créature sur le côté, nous dégainons aussi vite que nos armes nous le permettent. Je tire un coup dans la technologie implantée dans son crâne mais je m'en fiche. Plus rien n'a d'importance si j'arrive pas à me tirer vivante de cette grotte. Helion se démerdera avec ses circuits grillés.

Après plusieurs coups, le Nexus plante son regard

dans le mien, son visage bleu lui donne un air étrangement suppliant, ses yeux sombres sont un puits sans fond.

Le voir mourir est la chose la plus étrange qui me soit arrivée. J'ignore la bête qui continue de tirer, je regarde avec une fascination morbide son regard morne se muer en *quelque chose*. Gris foncé, opaque, solide, réel, cette couleur terne me rappelle un tableau noir couvert de craie.

J'avance sur le sol accidenté de la grotte.

Il ne respire plus, le bruit cesse dans ma tête, je m'agenouille à côté de lui. La bête rôde, je lui fais signe de rester à sa place. Je n'ai pas envie qu'il arrache la tête de cette créature. Je le veux entier. Pas moi. Helion le veut entier, ou du moins, en partie. La fameuse transmission neurale. Le réceptacle attaché à la base de sa colonne vertébrale. Je veux terminer cette fichue mission, foutre le camp de cette planète et de cette guerre. La cerise sur le gâteau serait de trouver un homme séduisant branché cul pour le restant de mes jours. C'est pas trop demandé, n'est-ce pas ? D'après le docteur Moor, un mari m'attendra dès que j'aurai terminé.

J'en ai marre. Mon dieu que j'en ai marre. J'espère que le docteur m'a trouvé un mari, j'en ai assez de passer ma vie à me battre et à espionner. Je veux pas continuer comme ça. J'ai l'impression que mon crâne va exploser si j'arrive pas à me calmer.

C'est quoi le TSPT ? On l'a diagnostiqué chez mon grand frère juste avant que je quitte la maison il y a deux ans. C'était un Marines, comme mon frère et mon père. Mon père est mort quand j'avais neuf ans mais ça n'a pas empêché mes frères de s'enrôler. Dans la famille, on n'est pas considéré comme quelqu'un de valable si on n'est pas Marines, ma mère ne m'a jamais pardonné d'être née femme. Je me suis engagée dans la Air Force et j'ai atterri aux Renseignements. Comme c'était toujours pas suffisant, je suis partie faire mes preuves.

J'ai voulu mieux faire que tous ces glands dans ma famille et j'ai intégré la Flotte de la Coalition. Mes compétences et ma formation ont attiré l'œil du service des Renseignements, tout comme mes connaissances des armes électroniques, j'ai sauté sur l'occasion, ça faisait *toute* la différence. D'où ma présence ici, dans la grotte. Où je suis prise au piège. A des années-lumière des Marines. Mais à trois pas d'une bête Atlanne.

Ce salopard à la peau bleue qui gît sur le sol de la grotte est ma récompense ultime, ce putain de Graal de guerre, le moment est mal venu pour péter les plombs. Bête ou pas bête.

Je m'agenouille et essaie de mettre le Nexus sur le côté pour accéder à sa colonne, il doit peser deux-cents kilos au bas mot. J'arrive même pas à bouger sa jambe. Putain d'implants.

« Aide-moi. Je dois le mettre sur le côté. » Je regarde cet Atlan et m'arrête presque de respirer. Son regard n'a rien d'humain. C'est un animal sauvage, son attention n'est pas du tout dirigée sur la créature qu'on vient de tuer.

Mais sur moi.

La fièvre d'accouplement.

J'ai déjà vu ça, mon corps, ce traître, encore dopé à l'adrénaline, transforme les dernières heures de l'agression et de terreur dans ce à quoi j'aspire à l'avenir ... la luxure.

L'avenir, et non pas les minutes à venir. On verra à la fin de ma mission, après mon mariage via le programme des épouses.

Mon corps, ce traître n'a pas l'air d'accord. J'ignore si les Atlans ont des phéromones comme les humains mais il dégage quelque chose qui m'arrive par vagues et me pénètre, même à travers mon armure.

Je vois ses yeux clairs à travers la visière de son casque, mon sexe palpite de désir, je mouille sur le champ. Des yeux bleu glacier.

Oh, putain. Je me lèche les lèvres en voyant sa taille. Il respire pesamment, je vois son cœur palpiter dans les veines de son cou. Ses mains sont aussi larges que des assiettes. J'aimerais bien savoir ce qu'il a d'autre de *grand*.

J'ai envie d'autre chose que d'une simple attention de la bête à mon égard. J'ai envie qu'il me prenne contre le mur, qu'il me baise comme si on devait mourir demain.

Pas encore. J'ai pas envie d'être à poil avec un cadavre devant moi, même s'il s'agit d'un Nexus. Parce que—beurk. Beurk.

Je veux pas me le mettre à dos en version bête, je parle à voix basse. Calmement. « Seigneur de guerre, j'ai besoin de votre aide. Nous devons enlever l'implant vertébral de cette créature de la Ruche et le ramener, lui et son casque, à la Flotte. Aidez-moi à le mettre sur le côté, s'il vous plaît. »

La bête ignore qu'il s'agit d'une créature spéciale de la Ruche, d'un Nexus. Il sait simplement que la créature devait être éliminée, il a fait son travail.

La bête frissonne, se met à genoux à côté du Nexus et le fait rouler comme une simple canette de soda ... jusqu'en bas.

Peu importe. Je suis une humaine, je suis une femme. J'ai l'habitude de passer pour une femmelette ici dans l'espace. Sauf que je suis plus compétente que la majeure partie d'entre eux. Je m'en suis bien tirée pour le moment, hormis le fait que je suis bloquée dans cette foutue caverne, y'a de quoi avoir des doutes.

Le Nexus est hors de ma vue, j'ignore la bête et examine le casque du monstre et ses accessoires. Le docteur m'a dit à quoi ça ressemblait, du moins en théorie.

Les mains tremblantes, j'atteins le tissu nerveux qui passe dans sa colonne vertébrale, relié à la base de son crâne. J'inspire lentement et doucement, je rassemble tout mon courage et tire. Doucement.

Tout vient en produisant un bruit dégoûtant d'aspiration, de chair arrachée, je termine mon ouvrage en faisant la grimace.

Un liquide noir s'écoule de la blessure tandis que je tire sur au moins vingt longs tendons —des aiguilles longues de dix centimètres —je les arrache et romps la connexion avec le tissu cérébral du Nexus.

Je pensais que les extensions étaient du métal inerte mais au moment où je les casse, elles se contorsionnent tels des vers cherchant à se cacher dans la terre.

« Ah ! »

Je pousse un hurlement et jette ce truc sur le sol rocailleux, ça continue de bouger, comme un mille-pattes bloqué sur le côté. Des bouts de chair bleu foncé du

Nexus sont restés attachés à la base de l'implant. De la chair et l'implant. Je suis une gentille fille, j'ai bien travaillé, les chercheurs vont sauter de joie à la base.

« Bon sang c'est dégoûtant.

Ça me donne envie de vomir.

— C'est quoi ? Le grondement de la bête me fait sursauter, j'étais tellement concentrée sur ce que je faisais que j'avais presque oublié sa présence. Sa voix résonne contre les parois.

— On doit ramener ce truc et son casque sur le Karter. C'est la clé pour gagner la guerre.

Il a peut-être remarqué que je n'avais pas répondu à sa question mais ne relève pas. La bête gronde et se lève.

— T'as fini avec son cadavre ?

Je regarde la forme flasque du Nexus mort et hoche la tête.

— Oui. » Je suis sûre que le docteur Helion va éjaculer dans son froc quand il verra le cadavre. Mais ce truc est énorme, super lourd, le poste d'exfiltration est situé à deux bons kilomètres. Je vais avoir du mal à ramener son cadavre, même avec l'aide de la bête.

La bête ramasse le cadavre et le traîne à l'entrée de la grotte. Il scanne les alentours et le jette le plus loin possible. J'entends un bruit effroyable heurter le sol après une seconde.

Bon débarras.

La bête se tourne vers moi tandis que je fourre ce truc étrange qui se tortille dans le récipient hermétique que m'a remis Helion. Le sac fait la taille d'un cartable d'écolier, sous vide. Afin que son contenu ne contamine personne. Ce truc qui aurait bien aimé s'insinuer dans le cerveau le plus proche—le mien en l'occurrence—est retenu par un grillage métallique, des fibres spéciales à l'intérieur font en sorte que l'échantillon de tissu reste intact jusqu'à ce que je le rapporte à la base. Entre ça et le casque de la créature, le docteur Helion va bien s'amuser avec ses nouveaux jouets.

Je m'empare du casque du Nexus et referme le sac scellé. Ça doit peser deux kilos. Je le porterai sans problème.

Ceci fait, je me tourne vers la bête, qui me contemple depuis l'entrée de la grotte.

« Tu es saine et sauve. » Son corps immense chancelle en prononçant ces mots d'une gentillesse extrême. Je suis peut-être saine et sauve mais il porte toujours son attirail de guerrier. Il n'a pas encore ôté son casque. Je suis saine et sauve mais je me détendrai lorsqu'il aura posé son arme et retiré son casque.

« Oui. Merci. Je pose le casque du Nexus, ma migraine est un peu moins forte, ça martèle maintenant. C'est déjà ça, j'ai la baguette ReGen dans mon sac. On est en sûreté là-dedans. La grotte a un gros filon de magnétite. Aucun signal ne peut pénétrer la roche. Tant qu'on se tiendra à l'écart de l'entrée, les scanners de la Ruche ne nous trouveront pas.

— Reste. Demain, téléportation.

— Oui. Je sais. Le protocole pour toute personne piégée en mission est de se diriger le lendemain vers le site de téléportation de secours indiqué, une équipe y attendra les guerriers de la Coalition afin de les mettre en sûreté. D'ici, là, nous devons rester en vie.

— Nom. » La bête parle, ce n'est pas une question, elle exige, sachant pertinemment que je vais répondre.

Je vois pas pourquoi je répondrais pas. Il m'a sauvé la vie après tout.

— Megan. Megan Simmons. Je retire mon casque pour la première fois. Une tresse retient à grand peine mes épaisses boucles noires.

— Et vous ?

Il jette un regard vers l'entrée de la grotte, s'agenouille et retire son casque.

— Nyko. »

Oh. Putain. Non.

Je pousse un cri tandis que le seigneur de guerre Nyko, le célibataire le plus chiant, emmerdant, arrogant, autoritaire, séduisant en diable, ce mâle alpha gonflé de testostérone, s'agenouille devant moi.

5

Je découvre la plus belle femme de ma vie. Elle agite la baguette ReGen sur ma poitrine en marmonnant. Je reste le plus immobile possible, je l'examine. La fièvre d'accouplement faiblit. J'arrive à réfléchir plus clairement, à dire plus d'un ou deux mots à la fois. J'aurais dû la reconnaître lorsqu'elle est entrée dans la grotte mais ça n'a pas été le cas ; ma bête l'a reconnu en l'entendant crier. Elle portait son casque, la visière de couleur noire cachait entièrement son visage, protégeant ses yeux du rayonnement du pistolet laser, de mon regard prédateur.

Ses cheveux noirs étaient rejetés en arrière, complètement cachés. Son casque est désormais posé au sol, je contemple sa longue tresse soyeuse dans sa nuque. Ses cheveux sont aussi noirs que les miens mais les siens sont frisés, j'aimerais plonger mes doigts dedans.

Sa peau mate et douce est parfaite, hormis la petite ride entre ses sourcils. Elle fait la tête, la frustration et une pointe de déception se lisent dans ses yeux noirs. Ses lèvres charnues laissent échapper un léger soupir, elle s'accroupit, le pantalon se tend sur ses cuisses fuselées.

Elle est belle à tomber, toute sale, épuisée par le combat, les mains tâchées du sang noir de cet étrange Nexus 9. Elle ne m'a pas encore vu bien réveillé, elle n'a pas encore croisé mon regard. Elle n'a pas plissé les lèvres, esquissant ce petit sourire déterminé que je lui connais quand elle est particulièrement remontée contre moi. C'est toujours le cas à bord du *Karter*.

Je n'ai jamais rencontré de femme plus compliquée ou récalcitrante. Dire qu'elle ne m'apprécie pas serait un euphémisme. Elle me déteste. Pour une raison que j'ignore. Je l'ai rencontrée lors d'une mission réussie il y a huit mois. Elle m'a détesté à la minute même où j'ai arraché la tête de ce soldat de la Ruche en face d'elle. J'aurais dû la laisser affronter l'ennemi seule ?

Elle est petite, voire minuscule par rapport à moi. Elle mesure une tête de moins que moi, même quand je ne suis pas en mode bête. Mes blessures ont momentanément fait fuir la bête. Je suis à nouveau un homme capable de penser à autre chose qu'à tuer la créature qui la menaçait, c'est-à-dire que je peux penser à la baiser pour qu'elle oublie tout. Elle a l'air tellement petite, assise à côté de moi, en train de me soigner avec la baguette ReGen, on dirait une gamine.

Mais ce n'est plus une enfant. Ça ne fait aucun doute, inutile de se poser la question, même ma bête en a conscience, Megan Simmons incarne *la* femme. Et ma bête ? Elle n'est pas du tout blessée. Elle rôde, se morfond, ne voit pas le moment où je vais toucher Megan. La caresser, lui dire qu'elle m'appartient. La bête est là mais elle est calme. J'arrive peut-être à réfléchir parce que tout danger est désormais écarté. La Ruche n'est plus à nos trousses. A moins que ce soit parce la fièvre s'est calmée, prête à refaire surface, à prendre sa revanche au moment où on s'y attend le moins, signe le plus flagrant que la fièvre d'accouplement remonte. Je disposerai alors de très peu de temps pour m'accoupler. Ou mourir.

Non.

Je ne vais pas épouser Megan. Certes, j'ai envie de la baiser mais j'avais déjà repéré son corps et sa moue boudeuse bien avant que la fièvre d'accouplement ne s'empare de moi. Elle est époustouflante, brillante, svelte, courageuse, c'est une guerrière incroyable. Et bien roulée. Ses courbes rempliraient mes mains à merveille. Ses fesses se loveraient contre mes hanches quand je la prendrais en levrette. Ses seins sont fermes et ronds, ses tétons durciraient sous mes doigts. Elle a une bouche douce à embrasser, ou décadente autour de ma bite. Un sexe que ma bête sent d'ores et déjà.

« L'armure est trop épaisse. Ma voix la fait sursauter. La baguette ReGen ne fonctionne pas. »

Elle s'assoit sur ses fesses parfaites et me regarde.

Oui, ses lèvres sont douces et charnues, d'un rose soutenu. Je laisse échapper un grognement, j'ai envie de les goûter.

« J'aurais pu l'enlever si vous étiez moins grand.

— Je ne contrôle pas ma taille, tu ne peux renier tes courbes. »

Elle reste bouche bée. Elle est aussi perplexe que moi. Les mots sont sortis d'un coup d'un seul. C'est la première fois que je tiens de tels propos à une guerrière. Mais on n'est pas en plein combat et ma bête semble reprendre le contrôle de mon esprit ... et de ma queue.

Elle se relève, ses bottes martèlent le sol.

Je laisse échapper un sifflement et la reluque, elle l'a fait exprès. Pour une fois c'est elle qui me domine, je la vois esquisser un demi-sourire. Elle est d'humeur bagarreuse. J'ai envie de fourrer ma bite dans sa bouche. J'ai envie de la voir se lâcher, qu'elle me supplie avec son caractère tempétueux, qu'elle hurle tandis que je la prends par derrière et que je la fais jouir sans relâche, je veux qu'elle m'appartienne.

Bon sang je suis dans la merde. Ma bête ne se contente pas de regarder. Elle a faim. Elle est en *manque*. J'ai jamais manqué de rien, ni d'ami, ni d'ennemi, de nourriture, de chaleur ou de femme dans mon lit. Le manque est un signe de vulnérabilité. Je suis un seigneur de guerre. Je ne suis pas un faible. Je ne suis pas en couple et j'ai pas l'intention d'épouser Megan, ça veut pas dire que j'ai pas envie d'elle. Que ma bête n'a pas envie de se la taper.

Je suis un guerrier, pas un martyr, Megan est magnifique, arrogante—elle sera pareille nue et excitée ? Elle me suppliera de la toucher, de lui faire un cunni, de fourrer ma bite dans sa bouche ?

Je prends appui sur mes coudes en grimaçant et m'assoit.

« Vous êtes blessé espèce d'idiot. Allongez-vous. »

Son ton arrogant devrait me mettre en colère mais son attitude autoritaire suscite mon intérêt, mon désir de la dompter. Tout est torride, j'en peux plus, ma bête rôde, ma bite me fait mal.

Je la regarde et je retire mon armure. Ma bête n'est pas modeste.

« Il faut me soigner au cas où nous serions attaqués. Inutile de t'occuper de moi comme si j'étais un nourrisson. »

Elle ne répond pas, croise les bras et marque son impatience flagrante en tapant du pied par terre.

La douleur me coupe le souffle, je me débarrasse de mon attirail, de mon armure, de mon maillot de corps, je suis torse nu. Elle cesse de taper du pied au fur et à mesure que je me déshabille, je jurerais voir ses seins gonfler sous son armure moulante.

J'attends qu'elle agite la baguette ReGen sur ma poitrine et mon flanc, là où le soldat de la Ruche m'a touché avec son pistolet laser, à l'extérieur de la grotte. L'armure a fait ses preuves ; je ne suis pas mortellement blessé, juste éraflé, ma peau porte des traces de brûlures rougeâtres.

Ma bête fait les cent pas, elle rôde, se délecte de l'attirance évidente qui se lit dans ses yeux. Sa langue rose humecte ses lèvres. Ses jointures blanchissent en tenant la baguette. Oui, ma bête peut l'avoir. Et après ? J'ai envie de la sauter. Ma bête aussi. Elle est célibataire—sinon, elle ne combattrait pas—rien, ni personne ne m'empêchera de l'avoir.

Je me racle la gorge, prêt à tout pour qu'elle s'approche. Ma bête veut sentir son odeur, veut l'avoir à ses côtés. Je ne dois pas la brusquer. Je le sais, mais elle a réveillé l'animal qui dormait en moi.

« Tu vas me fixer comme ça longtemps ? Tu peux toucher si tu veux, Megan.

Elle me regarde d'un air perplexe et rougit, visiblement gênée.

— Non merci. »

Je rigole, elle se place à côté de moi et agite la baguette sur ma peau rougie avec le détachement d'un médecin. Elle se concentre sur sa tâche. Sans hésiter. Non. Sans sourciller. Elle est toute petite comparée à moi, douce, plantureuse, féminine. Son odeur me bouleverse, ma bête rugit de plaisir, j'aimerais la lécher, me fondre en elle.

Il y a de fortes chances qu'elle me tire dessus si je tente quoi que ce soit, je me retiens et la réprimande pour avoir risqué sa vie.

« Mais bon sang à quoi vous pensez vous les humains, à guider la Ruche dans le ravin ? Y'avait quinze soldats de la Ruche, vous n'étiez que cinq. C'était du suicide. »

J'ai envie de la prendre dans mes bras, de sentir son corps, d'entendre son cœur battre pour savoir qu'elle va bien. J'ai aussi très envie de l'emmener au fin fond de la grotte pour la protéger jusqu'à ce qu'on soit exfiltrés. Mais surtout, j'ai envie de la foutre à poil et de la baiser, histoire de lui faire perdre de sa superbe.

« Je suis pas morte et il ne s'agissait pas d'un commando suicide, rétorque-t-elle.

Elle a plus de couilles que la majorité des mecs de sa

planète. Ça m'énerve qu'elle attache si peu d'importance à sa personne, ma bête se rebiffe.

— Evidemment, j'étais là pour veiller sur toi.

Elle a besoin d'un protecteur. Moi.

Elle agite nerveusement la baguette.

— Merci.

— Ça t'arrache la gueule à ce point de dire merci ?

Son sourire est ma récompense, je l'ai rarement vu sourire à la cafeteria du cuirassé, en tout cas, elle m'a jamais souri à moi.

— Pour tout vous dire, oui.

J'admire sa franchise et son courage. Il se passe un truc étrange.

— T'as récupéré ce que tu voulais sur ce salopard bleu ? » J'indique le sac et le casque de la créature qu'elle a posé précautionneusement par terre. J'ignore ce qu'est un Nexus 9, mais apparemment, ça intéresse Megan. Mais pas dans le bon sens. Elle était attirée par lui. Pourquoi ? À cause de ce foutu truc ... qu'elle a arraché derrière sa tête ?

Elle regarde dans cette direction mais n'esquisse pas un geste. Elle recule au lieu de répondre : « Voilà. Vous êtes guéri. »

Je regarde, ma peau ne comporte plus aucunes traces de rougeurs. Je ne ressens plus aucune douleur, ni chaleur provoquée par le pistolet laser dans ma poitrine ou mon épaule. L'armure est hautement efficace pour se protéger des armes mais elle n'arrête pas tout. Heureusement, la douleur est de courte durée et la baguette est très efficace. J'ai toujours mal à la hanche à l'endroit où le soldat de la Ruche m'a atteint mais la blessure est mineure, ça attendra. Je sens l'eau, l'eau fraîche. « Il y a de l'eau dans cette caverne.

— Je sais. On l'a choisie, entre autres, pour ça.

Ils l'ont choisi ? Qui ça « on »?

— Qu'est-ce que tu fais ici, Megan ?

— Je suis Capitaine, lâche-t-elle.

— Je t'ai sauvé la vie, je rétorque.

Elle ramasse le casque et le sac spécial contenant la technologie de la Ruche et commence à s'éloigner. Elle marche bizarrement. Je sens l'odeur du sang. Son odeur. Ma bête n'aime pas ça du tout. « Où tu vas ? »

Son silence prouve son attitude de défi.

Elle part vers le fond de la grotte, je ramasse nos armures et nos effets et la suis en silence. Je suis grand mais je sais me déplacer sans bruit. Elle pose sa main sur sa poitrine et active une lumière que je n'avais encore jamais vue sur les uniformes de la Coalition.

Megan Simmons détient plus de secrets que je ne l'avais imaginé, je suis bien déterminé à les découvrir.

Au bout d'une centaine de pas, Megan disparaît derrière une paroi rocheuse, je la trouve assise près d'une petite source limpide. Elle a posé le casque et les trucs de la Ruche, a mis son trésor à l'abri dans une anfractuosité de la paroi. Elle se penche pour boire, je me joins à elle et bois tout mon soûl. L'eau n'est ni chaude ni froide, à température ambiante.

Elle s'assoit en soupirant au bord de l'eau et retire ses bottes. Elle saigne au niveau du mollet. Elle fait la grimace en enlevant sa chaussette.

« Tu es blessée.

- C'était une puce.

Je suis en colère, vexé qu'elle ait été attaquée par une créature inconnue.

— Jamais entendu parler de ça. C'est quoi une puce ? Pourquoi elle t'a mordue ?

Elle sourit, d'un air morose …

— C'est une créature minuscule qui mord les chats et les chiens sur Terre. C'est très petit. Vous connaissez ? C'est trois fois rien vraiment.

— Une puce c'est trois fois rien ? Comment ça ?

— Peu importe. Je vais bien. C'est une simple égratignure… »

Elle essaie de défaire son armure au niveau des épaules mais pousse un cri en esquissant le mouvement.

« Putain. »

Une ride se forme entre ses sourcils joliment arqués, elle a mal et pas seulement à cause de moi. Elle réprime ses larmes. Cette petite femme courageuse a mal et essaie de me le cacher. Elle est blessée, elle souffre. Je ne peux pas rester sans rien faire.

À moi. La bête choisit cet instant précis pour me tester. Elle veut sortir, elle veut cette femme.

Elle la *désire* tout simplement.

« Je vais retirer ton armure.

Elle se tourne et me donne une tape sur la main.

— Je vais bien. »

Je me relève, je la domine. Je ne me sens plus faible, comme lorsque j'étais allongé sur le sol. Elle s'est servie de la baguette quand je souffrais mais je suis guéri. Je suis fort. Elle doit comprendre que c'est moi qui commande ici.

« Ma bête sait que tu es blessée. Si tu veux jouer, on va jouer. C'est ce que tu veux ? Bon sang, pourquoi tu me défies, tu vas m'le dire *oui* ?

— Tu me casses les couilles. »

Si seulement je pouvais lui donner une bonne fessée pour avoir osé me défier. Si seulement elle était à moi ...

Mais ce n'est pas le cas. Elle n'est pas à moi. Je le répète tel un mantra pour calmer la bête. « Je vais pas rester planté là à te regarder mourir, humaine.

Elle plisse les yeux.

— Je vais pas mourir, » réplique-t-elle.

Je croise les bras sur ma poitrine et la regarde, j'attends. Ça produit le petit effet escompté, elle s'agite en sachant que je la regarde. Quand elle ira mieux, elle s'agitera pour une toute autre raison.

— Tu as le choix, Megan Simmons. Soit tu te comportes en femme raisonnable et intelligente et tu me laisses te soigner avec la baguette ReGen, soit je te fous à poil, je te soigne avec la baguette et après, je te donne une *fessée cul nu* pour te punir et t'apprendre à ne pas te négliger.

Elle reste bouche bée et réprime un rugissement. Elle plisse à nouveau les yeux :

— T'es pas cap.

Oh, que oui. Je me ferai un plaisir d'administrer une bonne fessée sur son joli cul.

— C'est ça, continue. Tu vas voir. »

La savoir en sûreté et qu'elle accepte qu'un guerrier la protège sont de bonnes raisons justifiant mes actes.

Je l'imagine nue sur mes genoux, en train de lui montrer qui est le maître, ma bête pousse un grognement de désir. Je veux la dominer, la séduire, gagner sa confiance, qu'elle se livre à moi.

Bon sang, cette femme va donner du fil à retordre à son futur mari. Pourquoi ma bête est si enragée ? Megan Simmons n'est pas une femme pour moi. Je rencontrerai bientôt ma future épouse, dès que j'aurai passé le test. J'irai au dispensaire dès que possible. J'en repartirai avec une femme douce, gentille et docile qui m'apaisera et acceptera mon côté autoritaire.

J'essaie de me raccrocher à ça, à ce fantasme qui me taraude depuis des semaines. Depuis que Megan est arrivée, elle me trotte dans la tête, ça fait des mois maintenant. Oui, je bande comme un taureau à l'idée de voir les traces de ma main sur sa jolie peau caramel. *Comme un taureau.*

Un bruit semblable à un rugissement monte de sa poitrine. « Parfait, » lâche-t-elle en me tendant la baguette ReGen.

Je la lui prends et effleure intentionnellement la paume de sa main. La bête pousse un rugissement de joie. Sa peau est douce, mais sale. Elle s'est égratignée et coupée en grimpant à mains nues sur la roche escarpée.

Elle baisse la tête, se concentre sur ce que je suis en train de faire, elle ne bouge pas lorsque j'appuie sur le bouton pour allumer la baguette, j'agite la lumière bleue sur sa main et regarde les blessures se refermer. Je fais de même avec son autre main.

J'ai l'impression de me prendre un rayon laser en pleine bite. Rapide, fougueuse et explosive. Et encore, j'ai à peine touché sa main. Elle pousse un cri, mais pas de douleur. Elle retire sa main et s'écarte. Ma bête n'aime pas ça.

« J'ai pas fini. Tu as d'autres blessures.

— Ça va, elle écarte sa main de la baguette et regarde la source. Elle ne me regarde pas. Je m'en fiche tant que je peux contempler ses lèvres charnues et ses courbes.

— Tu es blessée, Capitaine. Pourquoi lutter ? Pourquoi tu t'infliges ça ?

— Je suis pas une chochotte. Elle ouvre et referme ses doigts, dans un geste qui, je présume, signifie qu'elle aimerait que je lui rende la baguette. Même pas en rêve.

— Je t'ai jamais considérée comme telle. Je m'agenouille à côté d'elle, d'une façon délibérément lente. Je suis en train de comprendre, d'apprendre, son mode de fonctionnement. La piquer sans cesse ne marchera pas. Peut-être ... Tu es courageuse. La femme la plus forte que j'ai jamais rencontrée. » C'est la stricte vérité. J'ai vu d'autres guerrières combattre mais aucune n'était comme elle. Megan fait preuve d'un courage que j'admire et redoute à la fois. Il est peut-être temps de l'admirer encore plus, pour le moment, elle ne m'a pas envoyé chier.

Elle pousse un soupir.

« Moi et Beyoncé. »

Elle rejette la tête en arrière et me regarde de ses yeux marron chaleureux.

Attirante.

Oui, l'admiration semble être plus efficace que la menace.

Mon dieu, je ne l'ai jamais vue comme ça, ma bête

gronde. Voici Megan. Douce et vulnérable, elle me montre ses faiblesses. Pour la toute première fois.

« Laisse-moi te soigner. J'essaie de parler à voix basse afin que ça ne résonne pas dans la grotte.

Elle soutient mon regard, j'en oublie presque de respirer.

— Vous êtes tous pareils, vous les Atlans. Autoritaires et exigeants. Elle sourit d'un air aguicheur en prononçant ces paroles acerbes, je lui souris en retour et défais la boucle de son armure au niveau de son épaule.

— Et t'aimes ça. » J'aurais dû mesurer mes paroles, mais nous ne sommes plus en plein combat. Oui, c'est une combattante, mais à l'instant T, c'est une femme avant tout. Une femme que ma bête aurait préféré ne jamais rencontrer.

Elle baisse les bras. « L'espoir fait vivre, seigneur de guerre. »

Elle me tarabuste, exhibe sa violence coutumière.

Ma bête m'incite à m'installer derrière elle. Elle est là, toute proche, mon torse nu risque d'effleurer son armure à la moindre respiration. Je défais et retire les attaches de son armure avec une rapidité inexpliquée—j'en profite tant qu'elle ne m'envoie pas balader. Je sais que ce n'est pas normal de sa part, que ça va pas durer. Sa blessure est plus grave que ce qu'elle veut bien laisser paraître. Ma bête s'impatiente, s'inquiète. Elle saigne, elle souffre. C'est tout ce que je sais, mais c'est suffisant pour ça rende ma bête folle.

Avec une douceur inhabituelle, je retire l'épaisse armure, elle porte un sous-vêtement. Le tissu doux et soyeux est conçu pour absorber le sang et la sueur d'un guerrier, ça tient chaud quand il fait froid et froid quand il fait chaud. Il fait également office de pansement provisoire afin de comprimer les chairs en cas de blessure, de stopper une hémorragie pour laisser le temps au guerrier de rejoindre le dispensaire le plus proche.

Megan appuie son front sur ses genoux, sans bouger.

« Megan ? »

Elle remue imperceptiblement la tête.

La lumière fixée devant son armure est encore allumée, c'est suffisant pour qu'on y voie clair dans la grotte. Son sous-vêtement est presque entièrement imbibé de sang, ça va de son épaule gauche jusqu'à sa hanche.

Je me sers de la baguette, je la lève et la baisse sur son dos jusqu'à ce que les capteurs indiquent que la blessure est guérie. Je la passe doucement à une certaine distance de son dos. Elle ne fait pas mine de protester, je passe la baguette sur ses bras et ses pieds. Je reste un moment sur ses jambes et cicatrise rapidement une petite lacération au niveau du pied.

Elle ne bouge toujours pas, je l'observe. Elle garde les mains rivées sur ses genoux mais je les vois trembler.

« Megan ? Tu souffres. Dis-moi où.

— C'est rien. Je peux pas ... sa voix faiblit, ma bête gronde.

— Dis-moi sinon je te botte le cul.

La menace me vaut un rire et une réponse.

— C'est ma tête, murmure-t-elle. C'est comme si j'avais des grenades qui explosent dans le crâne. »

A nouveau cette vulnérabilité. Une marque de confiance. Ma bête aimerait se frapper la poitrine et crier victoire, réclamer son butin. Mais je suis un homme, ni l'homme ni la bête ne sont disposés à voir Megan souffrir.

« Viens par ici. »

Je m'appuie contre la paroi et l'installe sur mes genoux. Je la love contre moi et passe la baguette sur ses yeux, ses oreilles, ses tempes, sa tête, afin qu'elle se détende. Ça prend plus de temps que le reste de ses blessures, plus encore que les brûlures qui couvrent la moitié de son dos. Elle a été blessée à la tête avant mon arrivée ?

La lumière de la baguette ReGen indique qu'elle a fait son ouvrage, je l'éteins et la pose près de ma cuisse. Elle est détendue dans mes bras, je saisis ma chance, je passe mes doigts dans ses boucles noires. Elles sont comme je l'imaginais, épaisses et brillantes, elles sentent son odeur.

« Ça va mieux ?

— Oui. » Megan Simmons, capitaine, guerrière et déesse, se love contre ma poitrine, se blottit dans mes bras et s'endort.

6

Megan

JE SUIS DANS LA MERDE. Une putain de merde.

Je ressens quelque chose pour Nyko. Ce n'est ni de la haine, ni du mépris. Bon sang, cette grosse brute arrogante m'attire.

Mais ça s'est passé quand exactement ? Je le déteste et voilà que d'un coup d'un seul, j'ai *envie* de lui ?

C'est complètement dingue, cet Apollon de l'espace ne voudra jamais de moi. *Moi*. Megan Simmons. Un simple soldat. Un mètre quatre-vingts de manque de confiance en soi, une grande gueule et un cul encore plus gros…

Nyko change de place, je sens sa poitrine musclée contre ma joue. Comment ça se fait que je me sente si bien alors qu'il est si dur ? Il est immense, musclé au possible. Y'a peut-être encore plus dur, sa…

Hein ? Non. Certainement pas.

Oui. Oui, je suis assise en plein sur son sexe dressé. Il est excité et prêt dans son sommeil. J'inspire profondément. Oh mon dieu. Il sent bon. Trop bon. Les pins, l'acier froid, l'homme. Puissant, sexy, mortel. Il incarne tout ça, j'ai envie de lui. J'ai envie de le réveiller et de le chevaucher pendant des heures. J'ai envie de vivre ce que j'ai vécu pendant le processus de recrutement, les mains calleuses d'un extraterrestre, cette sensation bouleversante d'une énorme bite qui me dilate, me pénètre profondément. J'avoue que je suis excitée depuis. Ouais, voilà la raison de mon attirance envers Nyko. On est coincés dans cette grotte. C'est ma dernière nuit en tant qu'officier du *Bataillon Karter*. La dernière nuit que je verrai Nyko. Pour toujours.

Dès mon retour à bord du vaisseau, je me présenterai au service des Renseignements avec les morceaux du Nexus. Le docteur Helion prendra ce maudit machin de la Ruche—ce morceau de technologie tout tordu qui a failli causer ma perte lorsque j'ai contemplé les yeux de ce démon bleu—j'ai failli en perdre la tête. Il est temps que ça se termine. Le docteur m'avait prévenu que l'implant pourrait me tuer, cramer mon cerveau et provoquer des hémorragies. Il m'avait prévenue mais j'ai voulu me porter volontaire. Ouais, je suis vraiment stupide. Je connaissais les risques, ma mission est terminée, j'ai plus vraiment envie de garder ce truc dans le crâne. J'ai senti le ronronnement pendant des heures, le laps de temps durant lequel ce truc a essayé d'établir un contact avec la Ruche, son créateur. Mais c'est pas possible dans la grotte. Dieu merci. Comme ça au moins, ils ne pourront pas me poursuivre. Mais la migraine ressurgira, malgré Nyko et sa baguette ReGen. Le docteur Helion ne comprend pas le fonctionnement de ce truc dans mon crâne.

J'ai pas besoin de comprendre pour savoir que ça me tuera, qu'il s'agit d'un poison.

Je n'ai pas mal à la tête pour le moment. J'ai un moment de répit. Ma tête ne semble pas prête à éclater dans une explosion de matière grise, mon corps a vraisemblablement décidé de se réveiller et de n'en faire qu'à sa guise. Ce corps veut Nyko. *Je* veux Nyko. Une seule fois.

Je n'ai rien d'une vierge effarouchée. Je suis une femme. Je n'ai qu'une envie, me blottir contre lui, dans ses bras protecteurs, et ne plus jamais en partir.

Mais il le faut. L'eau m'attire. Je me sens crasseuse, dégueulasse, pleine de sang, de sueur et du liquide noirâtre de ce soldat de la Ruche.

Je me sens pas sexy, et si je dois me taper un Atlan crédule, j'ai besoin de me sentir sexy. Ou du moins, propre.

Je me déplace doucement, comme M. Sprinkles, le chat que j'adorais quand j'étais petite, je me glisse hors des bras de Nyko et m'approche de l'eau. Je plonge la tête dedans, l'eau fraîche me procure un frisson bienvenu sur ma peau échauffée. Le froid agit telle une compresse sur mes yeux douloureux, je savoure cet instant, je retiens mon souffle le plus longtemps possible.

Je refais surface et trouve Nyko au bord de l'eau, visiblement prêt à m'imiter. Il est si près que je pourrais le toucher si je levais les bras, je sens la chaleur de son corps.

L'eau n'est pas bien profonde. Debout, elle doit m'arriver au niveau de la poitrine.

Nous nous dévisageons quelques minutes, sans nous quitter des yeux. Je sais reconnaître le désir dans les yeux d'un homme. L'envie. Mon corps se détend, soulagé en voyant ce que je lis dans le regard noir de Nyko. Je sais exactement comment passer mes dernières heures dans cette guerre, certainement pas en me préoccupant des implants de la Ruche qui me crament le cerveau ou en réfléchissant à comment rejoindre la plateforme de téléportation annexe pour être exfiltrés.

Je soutiens le regard bleu glacier de Nyko, je me déshabille lentement, mes vêtements tombent les uns après les autres à mes pieds. Une fois nue, je reste plantée là, avec mes seins bien en vue, je contemple son torse massif, ses épaules, son corps musclé, je m'imagine en train de le lécher, de le goûter. De le toucher.

« Qu'est-ce que tu fabriques ? Sa voix est rauque. J'entends la bête, mon vagin se contracte en signe de bienvenue. Avec un désir jamais éprouvé jusqu'alors. Puissant, torride, intense. C'est limite douloureux.

— J'ai envie de toi, Nyko. Je ne reconnais pas ma voix. Je te veux maintenant. »

Il se tourne, il lutte. Je sais que sa bête a envie de moi. De me prendre, me goûter, me baiser sauvagement. Je sais que Nyko lutte, que ça lui fait mal, je suis pragmatique. Je l'ai toujours été.

Je veux que sa bête l'emporte.

Je m'avance vers lui et sors complètement de l'eau,

telle une déesse, l'eau dégouline de mes courbes, je me sens exotique, belle. Je colle ma poitrine contre son dos, mordille son épaule et passe mes bras autour de ses hanches. Il ne bronche pas, un frémissement profond ébranle sa personne. Il n'oppose aucune résistance ... mais ne succombe pas pour autant.

Dans un mouvement de courage ou de pure folie, je pose ma main sur la protubérance de sa bite sous son pantalon. Mon Dieu il est énorme ! Je doute pouvoir en faire le tour. Il est chaud, tellement chaud que ça me brûle presque la main.

« J'ai envie de toi, Nyko. Juste pour une nuit. » Ma voix est douce, il ne répond pas immédiatement, je me demande s'il m'a entendue.

Un autre frisson le parcourt, son corps se transforme, grandit. Je suis stupéfaite, je ne devrais pas. C'est l'homme idéal, du moins pour moi. J'imagine qu'il a toute une cohorte de femmes Atlannes qui l'attendent chez lui. C'est pour ça qu'il se retient ? Il a déjà quelqu'un ? Une femme qui l'attend ?

Oh mon dieu. Je suis une vraie salope.

« Merde. Désolée. Tu dois être marié. » Je ferme les yeux et maudis ma stupidité. Il est forcément marié. Il est beau à tomber par terre, fort, parfait.

Je le lâche comme s'il me brûlait et je retourne dans l'eau, je détourne mon regard. Stupide. Bon sang qu'est-ce que je peux être stupide. J'aurais dû lui poser la question avant de me foutre à poil. Je ne sais rien de lui, hormis que je ne peux détacher mes yeux de sa personne dès qu'il entre dans une pièce. C'est peut-être pour ça que j'arrête pas de l'asticoter. Je déteste devoir m'avouer mon attirance... Il ne répond peut-être pas parce qu'il n'a pas envie d'une femme comme moi. Une Terrienne. Les Atlans interdisent à leurs femmes de combattre. Leurs femmes sont grandes comme le docteur Moor, mais sont apparemment la féminité incarnée, douces et gentilles. Tout sucre, tout miel.

J'ai été gentille depuis mes huit ans, et encore, seulement avec mon père, mes amis et mon chat. J'incarne tout ce qu'il exècre, ce qu'il essaie de refouler, avec nos foutues disputes.

Nyko a été très clair sur ce point, il n'aime pas les femmes qui combattent, moi en particulier, et ce à diverses reprises. Comment ai-je pu croire que ça pourrait marcher...

On m'éclabousse, je me tourne, Nyko est derrière moi. Je pousse un cri. L'homme n'est plus là. La bête a pris sa place, elle mesure environ deux mètres quarante, ces traits sont plus imposants, sa mâchoire plus carrée, ses épaules incroyablement larges.

« Qu'est-ce que tu fais ? »

Je recule doucement, ne sachant que penser. S'il était en couple, sa bête ne voudrait pas de moi. Je sais comment ça fonctionne. Les extraterrestres sont unis pour la vie. C'est du solide, pas de tromperies, de vraies âmes-sœurs. Mais alors, pourquoi Nyko est à poil ?

— Nyko ? »

Mon Dieu il est magnifique, musclé. Des bras et des jambes énormes, assez pour couper un soldat de la Ruche en deux. Si fort. Et sa bite. Aussi grosse que le reste. En érection, elle frétille vers moi sous l'eau. Il me suit jusqu'à ce que je me retrouve acculée, à l'autre bout de la petite vasque. J'arrête de bouger, il fait de même. Il est prêt, tel un géant, je pose ma main sur sa poitrine.

« Nyko, qu'est-ce que tu fais ? »

Il plonge sous l'eau, son corps massif disparaît et ressort plus loin, nous sommes face-à-face. Sous l'eau, je ne vois pas ses mouvements, il pose ses mains sur les courbes de mes hanches. Je sursaute mais il n'esquisse pas un geste, il se contente de me regarder droit dans les yeux. Je sais que Nyko est là. Si je dis non, si je lui dis de dégager, je sais qu'il m'écoutera. Sa bête a pris le dessus mais il n'est pas assez sauvage pour me faire mal ou me posséder contre mon gré.

Mais ce n'est pas ce à quoi j'aspire. J'avais envie de lui il y a cinq minutes. C'est toujours le cas.

« Nyko, excuse-moi. J'aurais dû te demander si tu étais marié.

Il secoue la tête, la bête gronde tandis qu'il lève une main, effleure ma taille, remonte, prend mon sein en main. Je pousse un cri tandis que le plaisir irradie jusque dans mon vagin.

— À moi. »

Il paraît qu'ils ne disent pas grand-chose en mode bête, c'est ridicule. Je fixe sa bouche, j'ai envie de le goûter. J'en ai envie comme pas possible. Je lève la main vers son visage, trace la courbe de ses sourcils du bout des doigts, effleure sa barbe sombre, pose la pulpe de mon pouce sur sa lèvre inférieure et soupire. Je le repousse. Du moins, j'essaie.

« Bordel, Nyko. Tu. Es. Marié ? »

J'ai pas envie de jouer le rôle de la maîtresse. J'ai pas envie de briser un foyer, de me mettre entre eux. Ça me ressemble pas, même si je suis excitée comme pas deux. Je préfère renoncer plutôt que de briser le cœur d'une autre. Je ne connais pas cette femme, je pourrais être jalouse qu'elle soit à Nyko et qu'il couche avec mais elle ne mérite pas qu'il la trompe.

Il secoue la tête de façon désordonnée.

« Pas marié, réplique-t-il, il prend mes mains ballantes dans les siennes.

— À moi.

Je me fige. Mon cœur aussi.

— T'es pas marié ? » Ma voix est à peine audible.

Je me penche, l'embrasse sur la bouche—je succombe.

Sa bête a pris le dessus, j'ai pas le temps de réfléchir, de ressentir, de respirer. Il glisse sa langue dans ma bouche, j'entrouvre les lèvres tandis que sa main se dirige vers mon vagin humide, il introduit deux doigts profondément à l'intérieur. Pas d'exploration en douceur, pas de préliminaires. La baise à l'état pur. J'adore ça.

Mon cri se répercute sur les parois de la grotte.

Mon vagin se contracte en un flot de petits spasmes qui me font haleter, il me sort de l'eau et m'entraîne au fond de la grotte. Il n'y a pas de lit, le sol est dur. Bon sang, il n'y a que des rochers et nos armures, ça va pas le faire.

Inutile de m'inquiéter. Nyko me plaque au mur et s'agenouille. Il lèche ma vulve comme si c'était son dessert préféré, sa langue m'excite, me titille, il me branle avec ses gros doigts. Il me fait jouir, c'est violent, rapide, j'ai les jambes molles.

Il me prend dans ses bras et me place de façon à ce

que mon sexe se retrouve pile au-dessus de sa verge. Juste assez pour que je m'agite et ondule des hanches, je fais en sorte de m'empaler.

« À moi.

— Bon sang, Nyko, arrête de parler et baise-moi. » Ça me vaut un grognement mérité. On ne peut pas considérer ces mots—à moi—comme des paroles. Peu importe. Je m'en fiche pourvu que je sente sa bite en moi le plus rapidement possible.

Il me plaque contre les rochers, ses mains dans mon dos font office de coussin, il fait attention et me pénètre à fond.

Son sexe me dilate, c'en est presque douloureux, la sensation est intense, ça brûle comme de la braise, c'est de plus en plus chaud, je me contorsionne, je gémis, j'ai envie.

« Encore.

La bête me donne ce que je veux, se retire et s'enfonce plus sauvagement. Plus profondément.

— À moi. »

Je m'accroche désespérément à lui tandis qu'il me baise violemment, il effectue des mouvements de va-et-vient et je crie, je pousse carrément un hurlement, je jouis sur sa bite, mon corps le pressure, extrait son sperme, mon vagin me fait mal, torride de désir.

J'ai jamais joui de la sorte. Jamais uniquement avec un sexe masculin. Je devais masturber mon clitoris, faire des cercles, ça prenait un certain temps. Avec Nyko, ça n'a pris que quelques secondes, j'ai dû m'agripper à ses avant-bras.

L'orgasme ne m'apporte pas de soulagement, il m'excite encore plus. Mon corps ne se calme pas, je surfe sur la vague d'un prochain orgasme, sa grosse bite me remplit, m'écartèle, me baise. Oui, il me baise. Il se sert de moi pour son propre plaisir, pour sa bête. Il est grand, autoritaire, exigeant, tout ce qu'il fait, le moindre grognement, ses coups de boutoir, me rendent folle de désir, je me contorsionne comme une possédée. « Continue, Nyko. Mon dieu, continue. »

Je n'ai pas peur que la bête me possède. Je sais comment ça marche. Il me baise comme un animal, il ne maîtrise plus rien. La fièvre d'accouplement déferle dans le corps de sa bête avec un besoin incessant que je ne comprends que trop bien. Mais je ne porte pas les bracelets d'accouplement. Ce n'est pas officiel. On baise. Purement et simplement.

Époustouflant. Torride. Torride en diable.

Il me soulève le plus haut possible, je plaque ma bouche contre ses lèvres, je l'embrasse tandis qu'il me pénètre. Je lui fais comprendre ce que je veux, il comprend à la vitesse grand V, me pilonne à un rythme si effréné que je crains qu'il ne blesse ses mains contre la paroi.

Je l'embrasse tendrement, il fait de même, son corps ondule en une danse érotique et langoureuse, je pousse un gémissement. Ses abdos musclés se pressent contre moi, il fait en sorte que mon clitoris frotte à chaque coup de hanche, ça sent l'habitude, jusqu'à ce que le plaisir déferle.

Il plaque sa bouche sur la mienne, sa bite palpite en moi tandis qu'il éjacule. Grâce aux médecins de la Coalition, je n'ai pas à craindre une grossesse ou une quelconque maladie, je peux profiter de l'instant, profiter de lui. Il me garde longuement dans ses bras après avoir joui, il fait de lents allers-retours, doucement, toujours en érection. Je le laisse faire ce qu'il veut avec mon corps. Je suis crevée. J'ai eu trop d'orgasmes pour avoir les idées claires.

Si avoir des rapports avec la bête se résume à ça, je signe tout de suite.

Ses lèvres effleurent mes épaules et mon cou. Je reste tranquillement dans ses bras, j'ai pas envie de bouger. Il est magnifique. Époustouflant. J'ai pas envie de le laisser tomber.

Il me garde longuement dans ses bras avant de m'emmener au bord de la vasque. Il m'enlace, son sexe toujours profondément enfoui en moi. Je suis trop fatiguée pour protester, c'est trop bon. Je m'endors brièvement, je n'ai pas la force de bouger, une pâle lueur pénètre dans la grotte, la lune de cette planète se lève sur un horizon que je ne connais pas. Il n'a pas l'air de vouloir me lâcher mais finit par se retirer. La séparation nous arrache un gémissement. Son sperme s'écoule d'entre mes cuisses, son membre est encore à moitié en érection. J'avais ça à l'intérieur ?

Waouh. Je suis une vraie championne.

Toute joyeuse, je vais me rincer dans l'eau sans mot dire, je suis tout engourdie et comblée par cette incroyable partie de jambes en l'air. Bon sang, je sais pas si je serais en mesure de recommencer, il me faudra au moins deux jours pour m'en remettre.

Nyko me suit dans l'eau, nous passons de nouveau aux choses sérieuses, une fois propres, nous nous habillons et mettons nos armes avant de dormir. Nous savons de par notre formation que nous devons toujours nous tenir prêts en cas d'attaque en territoire ennemi, même durant notre sommeil. Être nus et sans pistolet laser serait dangereux et totalement stupide.

Habillé et prêt à affronter l'ennemi, il me tient contre lui, m'enlace, fait en sorte que je me sente en sécurité. C'est redevenu un homme, la bête qui m'a rendue folle de désir est partie. Cette grosse brute me manque mais vu le regard possessif de Nyko, je sais très bien que nous n'allons pas en rester là.

Je suis prête à remettre ça mais je ne peux rien lui promettre pour le moment. Primo, le docteur Moor doit achever mon recrutement au sein du Programme des Epouses. Deuxièmement, je dois rejoindre les Services de Renseignements et faire retirer de mon crâne cet implant technologique de la Ruche. Il est hors de question que je supporte ce circuit qui me crame le cerveau, comme s'il était en papillote, je ne pourrai pas le garder une semaine de plus. Je sens presque mes neurones crépiter, se recroqueviller et tomber en cendres.

Dramatique ? Ouais. Mais je m'accorde une trêve. Qui peut se targuer d'avoir cette merde qui lui bouffe le cerveau ? A ma connaissance, personne. Le docteur Helion ne m'en a pas parlé du moins. Ce docteur Prillon cache de nombreux secrets.

La migraine me reprend mais je ne veux pas me plaindre. La douleur est présente, j'ai surtout besoin de dormir.

Nyko caresse mon visage avec sa grosse main. « Dors, Megan. Je monte la garde.

Trop fatiguée pour répondre, je m'assure que les morceaux du Nexus soient à portée de main et me pelotonne sur le sol dur. Nyko s'assoit à côté de moi et surveille l'entrée de la grotte.

— Réveille-moi dans quatre heures. Tu dois dormir toi aussi. »

Il grommelle en guise de réponse. Je lui souris et m'endors en une seconde, je constate avec stupeur comme je me sens bien à ses côtés. Je lui voue une confiance aveugle, je le laisse monter la garde, être en alerte, veiller sur moi. C'est l'expérience la plus miraculeuse que j'ai vécue dans l'espace— hormis mon dernier orgasme.

Je sombre dans un sommeil réparateur, le sourire aux lèvres. Le lendemain matin, il est temps de rejoindre le site d'exfiltration, je fourre les morceaux du Nexus dans mon sac et suis Nyko hors de la grotte. Il ne m'a pas réveillée, inutile d'en parler. Ça ne me vaudrait que des grognements.

Les cadavres ne sont plus là, les drones de la Ruche les ont récupérés durant la nuit. Le ravin est désert tandis que nous redescendons de la falaise et atteignons le sol. Nyko passe devant, son corps fait pratiquement écran, je lui demande de me laisser un peu de place, bordel. Il ne se détend qu'une fois en bas. Nous portons nos casques, armes au poing. Nous sommes prêts. Il est à nouveau en mode bête, je ne lui demande ni pourquoi ni comment. Il est immense, j'abandonne l'idée d'engager la moindre conversation. Il ne parle que par monosyllabes. Ça m'inquiète, sa bête est aux aguets. Il ne combat pas, il ne s'accouple pas. Il devrait être en mode homme mais j'ai entendu parler d'Atlans en proie à la fièvre qui ne retrouvent jamais leur état antérieur. Qui restent en mode bête et perdent leur sang-froid. Ils sont exécutés comme des chiens enragés, j'ai pas envie que ça lui arrive.

Mais je peux rien faire pour l'apaiser hormis baiser, si nécessaire, jusqu'à ce que la bête soit repue. S'il souffrait vraiment de la fièvre d'accouplement, il se serait soucié de tringler sa vraie partenaire, de lui passer les bracelets, de lâcher sa bête. Il doit coucher avec sa vraie partenaire pour être tiré d'affaire. Et c'est pas moi.

Pour la première fois depuis que je me suis enrôlée dans la Flotte de la Coalition, je me sens en sécurité auprès de Nyko. Même maintenant, en territoire ennemi.

La plaisanterie est cruelle. Pour la première fois depuis la mort de mon père, mon cœur vole en éclats. J'aurais jamais dû le toucher. J'aurais jamais dû le laisser me toucher. J'aurais dû le faire tourner en bourrique avec ses manières autoritaires, lui qui est toujours en train de dénigrer ce que je dis, ce que je fais. Je sais maintenant l'effet que ça fait de le sentir en moi, de le laisser me toucher, me baiser. De hurler de désir et de plaisir.

Grâce à nos capteurs, nous découvrons les traces de centaines de soldats de la Ruche ayant participé à la bataille la nuit précédente, je suis à fleur de peau, dans une merde pas possible. J'ai mal partout. Je ne risque pas d'oublier ce qu'on a fait. Mes muscles sont endoloris et mon clitoris palpite de plus belle. J'essaie de me contenir mais ne peux m'empêcher de contempler ses épaules, ses cuisses musclées, ses fesses. J'ai envie de lui. Pire, j'ai envie qu'il veille sur moi, me protège, que ce côté autoritaire et agressif se mue en amour.

Bon sang, ma mère maudit le ciel face à ce genre de fille stupide et fragile. Nyko me rend stupide. Aucun autre homme n'y était parvenu jusqu'alors. Peu importe que j'aie essayé d'ignorer ce désir qui coulait dans mes veines, c'est trop tard. Ce n'est plus un secret pour personne. J'y ai goûté et j'en reveux. Encore et encore.

Je me penche vers lui, j'essaie de m'imprégner de son odeur. Nous marchons pendant plusieurs heures sans ralentir l'allure. Je suis en forme mais ma migraine empire à chaque pas. La douleur martèle mon crâne à chaque coup de botte, chaque battement de cœur. Mais je le suis, bon an mal an. Je ne fais pas attention aux alentours. C'est impossible. J'ai trop mal. Mais je peux le suivre. Je le suivrai n'importe où. Je le laisse s'occuper de débusquer l'ennemi, je concentre toute mon attention sur *lui*.

Je suis en train de devenir folle. Cette obsession à son égard, ce désir intense ? Le trouble absolu. Sa partenaire est la seule à pouvoir le sauver de la fièvre d'accouplement qui va crescendo, je n'oublierai jamais cette nuit avec Nyko, mais je crains de rester sur ma faim. Il ne peut en être autrement.

Et Nyko ? Je doute qu'il souhaite choisir une épouse interstellaire. Si c'était le cas, s'il était prêt à se marier, il ne se serait pas ici avec moi sur cette planète merdique. Lui n'étant pas prêt, le docteur Moor n'a qu'à appuyer sur sa tablette pour m'attribuer un partenaire. Un Atlan, d'après ce qu'elle m'a dit. Un autre Atlan, mais pas Nyko.

Je souffre, mes yeux se remplissent de larmes. Putain mais qu'est-ce qui m'arrive ? C'est hormonal ? C'est un coup de fatigue ? Ce truc dans ma tête va me rendre dingue et finir par me tuer ?

Nous atteignons le terminal de téléportation au moment où l'étoile la plus brillante de cette planète est au zénith. Il fait chaud, si chaud que le système de refroidissement de mon uniforme ne remplit plus son office. La sueur dégouline sur mes tempes et tombe dans mes yeux, je cligne des yeux sous le casque puisque je ne peux pas m'essuyer.

Deux douzaines de guerriers de la Coalition ont installé un périmètre de sécurité autour de la plateforme de téléportation, Nyko et moi nous plaçons au centre.

Il se tourne vers moi comme il l'a fait à de nombreuses reprises au cours des derniers kilomètres, afin de s'assurer de ma présence.

Il grommelle et pose sa main lourde sur mon épaule, il me regarde tandis que la téléportation débute. Ce mode de déplacement dans l'espace est brutal, une douleur froide et coupante vrille mon corps, comme si on essayait de me faire rentrer de force dans une boîte de contorsionniste pour m'envoyer valdinguer au loin.

Putain, je déteste les téléportations.

Nous sommes à mi-chemin, la plateforme de téléportation sur laquelle nous sommes montés est une sorte de terminal-relais, une halte sur le chemin retour vers le *Cuirassé Karter*. Vers chez moi. La sueur salée me brûle les yeux, j'arrive plus à respirer. J'étouffe sous mon casque. J'ai besoin d'air. Je vais tomber dans les pommes si je respire pas un grand bol d'air frais.

Je déverrouille le casque de mes épaules et le retire.

En manque d'air, je le pose à mes pieds. Son poids me rappelle que c'est loin d'être un casque ordinaire.

Mais c'est trop tard.

La douleur m'assaille, des milliers de voix bourdonnent. Vrombissent. Me brûlent. Tel un groupe de vautours affamés, l'esprit de la Ruche s'accroche, c'est moi qu'il veut, moi et moi seule et mes pensées, la pression augmente, un poids écrasant m'anéantit.

Je me rends compte que je suis tombée à genoux lorsque ma tête heurte violemment le sol. Nyko me prend dans ses bras. J'ai le goût du sang dans la bouche, un sang brûlant coule de mon nez et de mes yeux, mon visage est une rivière sanglante.

Et ma tête. Putain mon dieu, ma tête.

Nyko me blottit contre sa poitrine, je me cramponne à lui, mon seul point d'ancrage dans la réalité, l'esprit de la Ruche m'assaille à distance.

7

Nyko, Terminal de Téléportation 27-J, en orbite autour de la Planète Latiri 4

« Un docteur ! Vite ! » Je gronde, Megan s'agrippe la tête comme si elle allait exploser. Recroquevillée dans mes bras, elle pousse un étrange gémissement de douleur. Je sens l'odeur du sang de Megan. Elle tremble et se cramponne à moi. Ma bête écume de rage, partagée entre le besoin de soutenir Megan et le désir urgent de déchiqueter ce qui lui fait mal. Mais ma bête n'a personne à tuer. Je suis impuissant, ça me rend malade, ça me tord les boyaux, mon cœur accélère, ma vision se trouble, la bête ne demande qu'à se libérer pour échapper à tout contrôle.

« Mon casque. Nyko. J'ai besoin — » Tout son corps est agité de soubresauts, ma bête la retient étroitement, bloque ses bras et ses jambes pour l'empêcher de se faire mal. Elle est déjà tombée une fois, elle s'est tapée la tête sur la plateforme du vaisseau de téléportation. Elle enfouit ses doigts dans mes cheveux, les agrippe et tire dessus tandis qu'elle s'agite et blottit son visage dans mon cou.

« Nyko. »

L'entendre prononcer mon simple prénom me bouleverse. Megan Simmons est capitaine de la Coalition, c'est une guerrière farouche, une chieuse de première. Pas du genre à supplier ou à demander de l'aide, elle souffre et me fait confiance pour veiller sur elle.

« Un docteur ! »

Mon rugissement ébranle les containers empilés près de la plateforme de téléportation.

On a été téléportés depuis le poste d'exfiltration de la planète Latiri 4 y'a deux minutes à peine. Seuls. J'ignore comment les combattants de la Coalition ont réussi à se tirer de la horde de la Ruche hier. Peu importe. Nous suivons le protocole, nous faisons halte dans cette station de téléportation temporaire afin de nous assurer que la Ruche ne nous téléporte pas directement sur le Cuirassé. S'ils découvrent que nous avons quitté la planète, ils nous suivront sur ce vaisseau vide—en orbite autour de la planète, dans le seul but d'exfiltrer les troupes—mais ils ne seront pas en mesure de suivre la prochaine étape de la téléportation, le but étant de les empêcher d'intercepter d'autres combattants. Ce morceau de ferraille protège nos cuirassés, mais à l'instant T, je me fiche complètement du *Karter*, ma femme passe avant tout.

Je m'inquiète pour Megan. Ma bête montre les dents, elle aimerait arracher la tête du technicien responsable des téléportations. Il en a pleinement conscience vu son regard horrifié.

Megan se tord de douleur, halète, gémit dans mes bras et y enfonce la tête. Je regarde Megan et le technicien. « Pourquoi ? Tu lui as fait mal ?

— Non, Seigneur de guerre. Non. La téléportation n'est pas la cause de ses blessures.

Je pose mon casque par terre et colle ma tête contre la sienne, l'homme et la bête aimeraient pouvoir ôter sa douleur.

— Megan, je hausse le ton, Megan. Ouvre les yeux. Elle me regarde, la douleur se lit dans ses yeux, son visage est presque gris. Qu'est-ce qu'il y a ?

— Ma ... tête. J'ai besoin de mon casque. S'il te plaît. Remets-le moi. Remets-le moi—

Elle hurle, à l'agonie, se cambre alors que je la maintiens fermement.

Je vais chercher le technicien, frustré par le débit lent et le vocabulaire limité de ma bête. — Casque. Donne casque.

Le guerrier, un jeune soldat Prillon fraîchement enrôlé dans la Flotte, se précipite auprès de Megan. Il ramasse le casque et le tend à Megan, elle baisse la tête afin que l'officier Prillon le lui enfile.

— C'est lourd. Trop lourd. Le Prillon s'arrête, le casque dans les mains. Vous aurez mal au cou. Vous êtes sûre ?

— Bouge. » La bête gronde cet ordre. Je vais tenir sa fichue tête, tenir son corps, l'aider. Je peux tenir dix femmes de sa taille sans broncher. Je suppose que je ferais encore bien plus pour Megan. La bête entonne son mantra *à moi, à moi, à moi*. L'avoir sautée dans la grotte, avoir goûté sa chaleur toute féminine, avoir entendu ses cris de plaisir, n'ont pas apaisé sa faim. Bien au contraire.

C'est ma bête, je suis en proie à la fièvre d'accouplement. Je suis allé trop loin pour faire machine arrière. Megan le sait. Elle l'a su dans la grotte. Ma bête s'en fiche. Elle la veut. Je ne peux pas la contraindre à vivre avec moi uniquement parce que je l'ai sautée afin d'apaiser ma bête. Je suis bien trop fier, je la respecte trop pour la forcer à m'épouser. La bête la laissera repartir. Mais pas maintenant. Je ne vais pas me mesurer à elle pour le moment, pas avec l'odeur du sang de Megan qui emplit ses poumons et ses cris qui résonnent dans mes oreilles.

Le Prillon pose doucement le casque sur sa tête, il me regarde les yeux plissés. Il n'est pas grand selon les normes en vigueur sur Prillon mais n'oublions pas que je suis en version bête. Si jamais il lève un doigt sur elle, je le tue.

Elle se détend une fois le casque remis en place. J'ignore si le soulagement a cédé la place à la douleur ou si elle a perdu connaissance.

« Un docteur ! je crie en l'attirant contre ma poitrine afin de la soutenir. Je pose ma main sur son front et caresse sa peau douce sous la visière du casque.

— Y'a pas de docteurs ici, lance l'un des guerriers armés. C'est un simple poste de triage. Ramenez-la à bord du Cuirassé.

— Téléportation.

Je me concentre sur le pupitre de commandes. Si Megan n'avait pas besoin de moi pour la tenir, j'aurais réduit la salle en pièces.

— Dispensaire. *Karter*.

— J'ai une baguette ReGen », propose le guerrier Prillon. Je pousse un grognement. J'en ai une moi aussi. Je m'en suis servi hier soir. Elle avait déjà mal à la tête. Je réalise que la femme dans mes bras ne souffre pas d'une simple commotion ou d'une simple migraine. Son casque pèse trois fois plus lourd que celui d'un soldat lambda, bien qu'il soit en tous points similaires à des milliers de casques de combat. Tout comme son armure, semblable comme deux gouttes d'eau à celle de milliers d'autres soldats. Mais tout ça n'est qu'un leurre. Megan est unique. Courageuse. Belle et forte. Des lèvres charnues, une peau douce. Elle sent les orchidées et le métal, la douceur et l'acier. Et le sang. Je sens encore l'odeur du sang.

A moi. La bête hurle dans ma tête, je la laisse grogner, pour mieux lui dire de la fermer.

« Sur le *Karter*. Vite ! » J'ordonne au Prillon de nous y conduire, il se dépêche d'obéir, se précipite vers le pupitre de commandes. Je remarque alors la présence d'autres personnes, cinq hommes armés de canons maousses encerclent la plateforme, ils pointent leurs armes chargées sur ... moi. Ou plutôt, sur ma bête. Je ne peux pas leur en vouloir. Je prends sur moi, je suis à deux doigts de perdre mon sang-froid. Je me retiens pour elle.

Je les ignore et leur tourne le dos afin de protéger ma —non. De protéger Megan. Ce n'est pas ma femme. Pas. Ma. Femme. Je ne suis pas un coup d'un soir. Ma bête n'a pas une once de fierté, la fièvre a peut-être écorné mon naturel sauvage mais moi, j'ai ma fierté.

La bête a pris le dessus depuis le début du combat

hier. Elle n'a pas battu en retraite, je suis toujours en mode bête. Je protège Megan, envers et contre tous. Si jamais elle meurt dans mes bras, leurs canons lasers ne leur seront d'aucune utilité. Je halète et pousse un rugissement de frustration.

Elle allait bien sur cette foutue planète, et voilà qu'elle agonise ici, alors qu'elle devrait être en sûreté. Sous l'effet de la douleur, la bête s'exprime par monosyllabes.

Je ressens la secousse provoquée par la téléportation et me retrouve en quelques secondes à peine sur la rampe de lancement du *Karter*. Putain ! Je comptais atterrir directement dans le dispensaire, je parcours à la hâte les couloirs menant dans la bonne direction. Tout le monde s'écarte sur mon passage tandis que je franchis les portes automatiques du dispensaire en hurlant : « Un docteur !

Je crie tellement fort que la tablette posée sur l'une des tables vibre, tombe et se fracasse par terre. Tout le monde se tourne vers moi, un docteur s'approche.

— Tête. A l'aide. »

J'allonge Megan sur la table d'examen, les poings serrés, comme elle a coutume de le faire. Ma bête sait qu'elle ne peut rien pour elle, elle a compris que ces gens, eux, pouvaient l'aider. Le docteur en vert ainsi que des internes se penchent sur elle, ils s'agitent et lui parlent. L'un d'entre eux essaie d'ôter son casque, je hurle un : « Non ! » en attrapant son poignet.

Tout le monde se fige dans le dispensaire et me dévisage alors que j'essaie de communiquer. « Besoin casque. Ça aide. »

C'est un nouveau docteur. Je connais chaque interne

de ce bataillon, comme tous les Atlans. Nous combattons vaillamment au sol. On se blesse. Souvent. Quand ma carcasse ne séjourne pas dans le petit caisson ReGen, ce sont mes potes seigneurs de guerre ou mes amis qui s'y collent. Je n'ai jamais vu ce docteur auparavant, je n'aime pas son regard pensif alors qu'il se concentre attentivement sur Megan et son casque.

« Laisse-le, Nyko.

C'est la voix de ma femme, la seule raison pour laquelle je ne le mets pas k.o.

—Vous nous avez amené Megan. Laissez-nous faire notre devoir.

Doucement, un doigt après l'autre, je lâche le doigt de l'idiot qui a failli le lui enlever et la blesser.

— Mettre casque.

— C'est compris, me lance ce docteur que je ne connais pas et il donne des ordres. Sortez-moi son dossier. Je dois savoir si elle a déjà subi des interventions chirurgicales. Regardez son dossier médical, ça doit être au nom du Docteur Helion.

— Bien monsieur. » Un membre de l'équipe médicale se hâte de transmettre les informations de la tablette sur l'écran situé au-dessus de la tête de Megan. Ma bête ne peut pas parler mais lit parfaitement bien.

Le docteur Helion de Prillon Prime. Megan Simmons a subi deux interventions chirurgicales. Une intervention cérébrale et deux autres mots, Projet Nexus.

Nexus ? Ce salopard bleu ? Le nerf spinal que Megan a arraché de sa tête après l'avoir tué ? Elle a un truc similaire dans le crâne ?

Non. J'ai touché sa tête. Je l'ai tenue. J'ai rien senti de

tel. Je connais son corps par cœur. Je m'en serais rendu compte. Le docteur se parle à lui-même.

« Je le savais. C'est comme la dernière fois. Les enculés. Il se lève, touche le terminal de télécommunications et contacte le Commandant Karter en personne.

— Commandant, j'ai besoin d'un scanner niveau cinq afin de détecter d'éventuelles transmissions entrantes de la Ruche. »

Je m'attendais à ce que le Commandant le questionne. Niveau cinq ? On ne fait jamais de scanner niveau cinq. C'est comme si on regardait le croissant de lune en fixant le soleil brûlant. Le Commandant est sérieux. Trop sérieux.

« Compris. Donnez-moi quelques minutes, docteur.

— Nous n'avons pas une minute à perdre.

Un silence pesant s'installe une fraction de seconde, on se comprend sans mot dire.

—Deux minutes.

— Vite.

Le docteur termine sa communication, je me poste aux pieds de Megan allongée sur la table.

— Elle va devoir entrer dans le caisson ReGen à la seconde-même où on lui ôtera son casque. Je veux que le caisson soit fin prêt. On retirera son casque dès qu'on aura le feu vert du Commandant. » Elle a l'air ridiculement petite allongée dans son armure crasseuse, avec son casque. On ne dirait pas un individu, mais un morceau d'énorme machine. Un pion, elle joue à un jeu que je ne connais pas.

Ma bête rugit, je m'approche, le grondement se mue en grognement lorsqu'un membre du corps médical me rentre dedans. Putain. Qu'est. Ce. Qui. Se. Passe ?

« Seigneur de guerre, calmez votre bête. »

Je me tourne dans la direction d'où provient la voix, il s'agit du docteur Moor, une femme Atlanne grande et séduisante, aux cheveux courts, elle porte une paire de bracelets dorés étincelants aux poignets. Je la connais, je lui fais confiance. Elle est de taille normale pour les habitants de notre planète, mais bien plus petite que ma bête. Je ne me calme pas malgré mes profondes inspirations, elle agite la baguette devant moi.

« Docteur.

— J'avais vu juste. Fièvre d'accouplement, annonce-t-elle, très pragmatique. Depuis combien de temps, Nyko ?

— Des semaines.

Elle me regarde d'un air perplexe.

— Des semaines ? Et cet accès de fièvre ? Vous êtes en mode bête depuis quand ?

J'entends gémir Megan, ils lui injectent quelque chose, je grogne.

— Seigneur de guerre. Le docteur hausse le ton et croise les bras sur sa poitrine.

— Depuis combien de temps ?

- Un jour.

Elle s'adresse aux aides-soignants dans la salle contigüe.

— Préparez les tests du protocole du Programme des Epouses pour le Seigneur de guerre Nyko. Immédiatement.

Deux assistants s'avancent, le docteur Moor me pousse vers un étrange fauteuil.

— Non.

— Non, Seigneur de guerre ? Votre fièvre augmente, elle ne baissera pas puisque vous n'avez pas de partenaire pour la faire descendre. Vous rentrez tout juste du combat — elle regarde mon armure sale et constate l'absence de bracelets à mes poignets, —je présume que vous n'en avez pas ?

— Megan. Ma bête insiste, le docteur, morose, arbore un visage sympathique.

— Le Capitaine Simmons a passé le test du Programme des Epouses Interstellaires il y a deux jours. »

J'aime pas ça. Elle n'est pas à moi. Elle ne le sera jamais. C'est la femme d'un autre homme, qui se languit de sa peau douce et chaude, de ses yeux noirs. La femme idéale d'un autre guerrier.

Elle a couché avec moi dans la grotte car elle avait pitié, elle a reconnu les signes de la fièvre d'accouplement Atlanne et a fait ce qu'elle a pu pour apaiser ma bête, pour assurer notre survie. Je lui suis redevable de s'être sacrifiée. Je ne vais pas l'empêcher de convoler en justes noces avec l'homme de sa vie. Elle est belle, parfaite. Elle mérite mieux que moi, une tête brulée sans foyer ni famille. Je serai riche une fois rentré sur Atlan, j'aurai une femme rien qu'à moi.

A moi. La bête hurle de douleur. Elle refuse. Megan ne nous appartient pas. Elle est mariée. Promise à un autre. Je vais pas me comporter comme un sale égoïste et foutre sa vie en l'air, la prendre, sachant que je ne suis pas l'homme qu'il lui faut. Je pourrai jamais la rendre heureuse. Putain, je doute pouvoir rendre une femme heureuse. Je suis bon qu'à tuer. Quoi d'autre … ?

Le docteur appuie sur des boutons et effectue des réglages. Je grommelle tandis qu'on m'installe dans le fauteuil. Ma bête laisse faire l'assistant, peut-être parce que c'est une Atlanne, mais probablement parce que mon fauteuil est situé face à Megan et qu'elle reste dans notre ligne de mire. Je suis pas certain que ma bête accepterait que le docteur me fasse quitter le dispensaire. Je sais que Megan ne m'appartient pas mais ma bête ne l'entend pas de cette oreille.

Il n'y a pas pire qu'un sourd qui ne veut pas entendre.

Le docteur a peut-être raison, ma fièvre est incontrôlable. Je ne peux plus discuter avec ma bête. Elle est butée. Non, pas butée, elle fait une fixation. Sur une femme. Sur Megan.

« Désolée, Nyko, mais vous n'avez pas le temps de rentrer sur Atlan et de prendre femme comme le veut la coutume. On doit vous marier le plus rapidement possible.

J'écoute à moitié, je regarde Megan, j'entends le Commandant via l'interphone du docteur.

— La voie est libre docteur. Préparez-la et emmenez-la sur mon vaisseau.

Le docteur acquiesce, elle prend son sac et l'ouvre en esquissant un petit sourire. Non, ça n'a rien à voir avec un petit sourire, on dirait qu'elle a gagné le gros lot.

— Téléportez-la au Service des Renseignements de toute urgence. Prévenez le docteur Helion.

— Dans combien de temps, docteur ? demande le Commandant.

Le docteur secoue la tête, referme son sac et le pose dans un casier sécurisé.

— J'en sais rien. Tout dépend de la gravité des dommages.

Les dommages ? Quels dommages ?

— Tenez-moi informé dès que vous aurez des infos, docteur.

— Oui monsieur. » Le docteur met un terme à la communication et retire doucement le casque de la tête de Megan. Sa peau souple est d'un marron chaud, ses lèvres pleines. Elle a l'air si paisible, on dirait qu'elle dort, mais je sais qu'il n'en est rien. Je me prépare à bondir pour lui venir en aide au cas où elle aurait mal mais elle ne bouge pas d'un pouce, son absence de mouvements est aussi troublante que ses gémissements de plaisir ou de douleur.

« Le caisson ReGen est prêt ? demande le docteur.

— Oui docteur.

— Bien. Mettons-la dedans.

— Et son armure ?

Le docteur secoue la tête.

—Laissez-la lui. On n'a pas le temps. »

Ils la portent dans un caisson blanc contre le mur. Cinq caissons longent le mur de ce côté du terminal, un seul d'entre eux fonctionne, probablement suite au combat d'hier. Je m'installe sur mon fauteuil, une fois Megan à l'intérieur, le caisson est activé.

Ma bête rugit en voyant des sangles enserrer mes poignets, m'entraver.

« Seigneur de guerre ! hurle le docteur, mais ma bête n'en a cure.

— Débutez le test. Donnez-lui immédiatement un sédatif. »

Je lutte pour défaire mes liens, mon fauteuil incliné en arrière ne me permet que de voir le plafond. Le coussin qui maintient ma tête sur les côtés se rigidifie, je ne peux plus bouger. Je ne peux tourner la tête ni à droite, ni à gauche. Je ressens une piqûre dans mon cou, mon corps ne répond plus, mes muscles se relâchent.

Ils m'ont administré quelque chose pour droguer ma bête. Je cligne doucement des yeux, des images défilent sur l'écran au-dessus de ma tête. Je m'efforce d'entendre Megan, de la voir dans le caisson, mais très rapidement, je suis incapable de me concentrer sur quoi que ce soit, hormis ce qui apparaît sur le fameux écran.

L'équipe médicale s'affaire autour de moi, fixe des capteurs neurologiques sur ma tête, leurs gestes sont aussi doux que les alizées sur ma peau, je les ignore totalement. Les images défilent lentement, des femmes de toutes races et de tous horizons, bleues et hâlées, grandes, petites, minces. Aucune ne ressemble à Megan. La bête rugit, ne pense qu'à elle, et soudain, tout devient noir.

8

Megan, *Cuirassé Karter, Dispensaire Numéro Trois*

« Bienvenue parmi nous. »

Je cligne des yeux et regarde le docteur Moor. J'ai la tête vide, je sais pas ce qui m'arrive. Je regarde autour de moi mais ne vois que les parois blanches de cet espace confiné. Un caisson ReGen. Le couvercle est ouvert, la jolie doctoresse me regarde en souriant.

Je m'assois doucement et inspire profondément tandis que la partie supérieure de mon corps émerge du caisson. Je porte mon armure, ça pue la crasse, la sueur et le sang. Ma tête tourne très légèrement. Qu'est-ce que je fabrique dans le caisson ReGen, pourquoi je porte mon armure de combat ?

« Qu'est-ce qui s'est passé » ? Je demande en voyant le dispensaire. Je suis à bord du *Cuirassé Karter*. C'est là que j'habite depuis deux ans. Je suis de retour. Mais qu'est-ce que je fabrique au dispensaire ?

« La dernière chose dont je me souviens, c'est du terminal de téléportation. » Et la douleur. Des milliers de voix dans ma tête. Nyko qui me tient. Mon dieu, ses bras me manquent, cette brute épaisse qui me protège. C'est dur à admettre, et encore plus dur à accepter. Je combats depuis des années, deux ans dans la Flotte et six ans sur Terre. J'ai l'habitude de me prendre en main. J'ai jamais compté sur un mec depuis la mort de mon père. Une dure leçon de vie que j'ai apprise. Ne jamais dépendre d'un homme quand on peut compter sur soi-même.

Mais c'était bon de pouvoir compter sur Nyko. Je suis si fatiguée.

Je me frotte la tête mais Dieu merci je n'ai plus mal.

« Sacrée migraine. Le docteur Moor me regarde d'un air perplexe mais je ne suis pas en mesure de répondre quoi que ce soit, je me contente de hausser les épaules, je cherche cet homme que je devrais oublier.

— Le seigneur de guerre Nyko vous a amenée ici. »

Nyko se poste à côté du docteur, tout me revient. Il est toujours en mode bête, il darde ses yeux bleu glacier sur moi tels des rayons laser. Il se penche sur le docteur et moi, m'examine de la tête aux pieds, sa poitrine se soulève, il respire pesamment. Il porte encore son armure, vu ses traits, il est en pleine crise de fièvre d'ac-couplement. Il doit s'accoupler sur le champ ou mourir. Je me demande quelle femme il va choisir, je me déteste d'oser me poser cette question. Ce ne sera pas moi. C'est tout ce que j'ai besoin de savoir.

« Mal ? demande-t-il d'une voix grave qu'il ne peut vraisemblablement pas maîtriser.

Le docteur Moor soupire et se tourne pour lui demander de partir. A mon grand soulagement, il ne lui fait aucun mal. Mon Nyko est toujours là.

— Seigneur de guerre, je vous ai permis de rester pour attendre le résultat du test. Toutefois, si vous n'arrivez pas à vous maîtriser, je n'hésiterai pas à appeler la garde et à vous envoyer dans le navire-prison jusqu'à la fin du processus de mariage et l'arrivée de votre épouse. »

Nyko pousse un grognement mais n'a pas l'air de faire amende honorable pour autant. Un test ? Un mariage ? Pourquoi est-ce que mon cœur se serre dans ma poitrine ? J'ai fait exactement la même chose il n'y a pas si longtemps. Je sais qu'il est en proie à la fièvre d'accouplement. Je connais tout des Atlans et de leurs bêtes, je sais très bien qu'ils ne se maîtrisent plus et peuvent tuer s'ils ne peuvent pas se marier. Je sais aussi qu'un Atlan dans cet état se voit automatiquement proposé d'intégrer le Programme des Epouses Interstellaires. Qu'il le veuille ou non. C'est la procédure habituelle sur tous les cuirassés abritant des seigneurs de guerre Atlan. *La procédure habituelle.* Il n'a pas le choix. Le Commandant Karter est un guerrier Prillon autoritaire, il commande son bataillon dans l'un des secteurs de l'espace les plus mortifères. Personne n'a intérêt à moufter, surtout pas une bête incapable de préserver un semblant d'équilibre psychique.

Nyko lève la main et fait signe à quelqu'un d'approcher. Un membre de l'équipe médicale se dépêche de m'apporter un plateau chargé à ras bord de nourriture, je salive. Il n'y a que mes plats préférés. Un Philly-cheesesteak tout chaud, des frites nageant dans le ketchup, des chips et du chocolat au lait.

Je regarde Nyko, choquée et quelque peu déconcertée. « Comment? J'engloutis une grosse bouchée de mon sandwich et je parle la bouche pleine. Comment tu le sais ?

Je mange une frite, c'est bon à se taper le cul par terre.

— Oh mon dieu. Je t'embrasserais presque.

— Deux ans. Bonne nourriture. Je regarde » grommelle Nyko, les bras croisés, je vois à la lueur qui brille dans ses yeux qu'il est satisfait de ma réaction. Ça me fait bizarre de m'empiffrer devant le docteur et devant Nyko, ils me regardent comme si j'étais une attraction dans un cirque, mais je m'en fiche. Je meurs de faim. Et il a raison. C'est exactement ce que je mange trois fois par semaine.

Il reste plus rien, j'ai tout fini, je me rallonge, je me sens mieux. « Merci.

— Tu avais besoin de manger. » Ma bête fait des phrases complètes. Je lui souris, incapable de lui en vouloir. Mon côté pisse-vinaigre a disparu ... dieu sait pourtant que je déteste qu'on franchisse mon espace personnel. Mon espace personnel, c'est Nyko—je le laisse y pénétrer. Une bête sacrément torride qui ne sera jamais à moi.

— Alors comme ça t'es marié ? »

Je regarde les épaules larges de Nyko, sa bouche, je me souviens de ce qu'on a fait l'autre soir, ma chatte se contracte, j'ai envie de recommencer. Je réalise que je n'ai plus mal nulle part, le caisson a probablement fait son ouvrage, cette douleur intime me manque. J'avais l'impression d'appartenir à quelqu'un. Je sais bien que c'est stupide mais j'avais envie de garder un souvenir de cette nuit passée ensemble. Pourtant, le sort en a décidé autrement. Ce coup d'un soir était au top. Incroyable. Mais c'est terminé. Il va bien évidemment intégrer le Programme des Epouses. Je remarque alors les bracelets accrochés au niveau de sa cuisse sur son armure. Quatre bracelets, deux gros et deux petits, les gravures entrelacées ornées de motifs géométriques sont d'une beauté quasi hypnotique. Je me demande bien où il les avait mis. Je sais qu'ils sont spéciaux, qu'ils représentent les armoiries de sa famille, je me demande s'il en a une d'ailleurs. J'espère que oui et si c'est le cas, j'espère sincèrement qu'elle vaut mieux que la mienne.

Une vague de jalousie monte envers la femme qui l'attend quelque part. Une femme qui a passé le test et qui lui a été attribuée. Sa *femme*.

J'ai l'impression d'avoir avalé de l'acide, une douleur m'étreint la poitrine, la bile remonte dans ma gorge.

A la nuit tombée, cette femme mystérieuse sera téléportée sur le *Karter* et dans le lit de Nyko, pour apaiser sa bête. Elle portera ses bracelets de mariage et lui sera dévouée corps et âme. Il va la pénétrer, éjaculer en elle, l'embrasser. Elle apaisera sa bête, il la fera sienne. Pour toujours.

Je sais ce qu'elle éprouvera face aux caresses de Nyko, en faisant l'amour avec lui, je sais très bien ce que je perds. Ce n'était qu'un coup d'un soir. Une trêve frénétique liée à la montée d'adrénaline inhérente au combat, le souvenir d'un rêve torride m'excite, sa bête est en proie à la fièvre d'accouplement. Rien de plus. J'ai hâte de rencontrer mon futur époux, peut-être un seigneur de guerre Atlan, comme celui de mon rêve. J'ai pas besoin de Nyko. N'est-ce pas ? J'ai survécu vingt-huit ans sans lui. Je m'en passerai.

Nyko ne sera certes plus là mais je serai mariée dès que le docteur appuiera sur le bouton de sa tablette.

Elle agite ses baguettes médicales de sa main libre. « Votre migraine a totalement disparu ?

— Oui. » Tête ? Ok. Cœur ? En vrac. J'aurais jamais dû le toucher. Jamais. J'ai une peur bleue de voir le visage de Nyko, la bouche de Nyko, le regard bleu perçant de Nyko à chaque fois que mon futur époux me caressera. Bon sang, je suis dans la merde. Je sens son odeur sur ma peau. J'ai envie de lui. J'ai envie de m'extirper de ce caisson ReGen pour me frotter contre lui comme un chat.

C'est de la jalousie. Il appartient à une autre. Ce n'est qu'une question de temps, elle sera bientôt là pour l'épouser.

Le docteur Moor recule et capte mon regard, arborant un air fort mécontent. « Le docteur Mersan aimerait vous parler. Seule. »

Mersan. Oui. J'en ai déjà entendu parler. Il fait partie des membres dignes de confiance du Service des Renseignements. Il est au courant de tout. Lui, et le Commandant qui ont accepté qu'un accessoire technologique aussi dangereux soit embarqué à bord de ce vaisseau, avant qu'on me confie cette mission. Ma présence ici est dangereuse, je représente un risque pour tout l'équipage. Moi. Qui ai servi d'appât à la Ruche.

Je hoche la tête, la douleur a heureusement entièrement disparu. L'implant neurologique ne me donne plus envie de m'arracher la tête. « Oui. Je vais aller lui parler. »

Elle m'aide à sortir du caisson ReGen et me guide vers le fauteuil d'examen dans une salle attenante. Je m'assois. Tant mieux parce que je ne tiens pas bien sur mes jambes, je sais pas comment me comporter face à cette bête géante dans la salle.

Le docteur Moor m'installe et pose sa main sur la mienne, sur ma cuisse. « On parlera de votre avenir une fois que vous aurez parlé au docteur Mersan. D'accord ? »

Je hoche la tête, elle fait mine de retirer ses doigts mais je les retiens. Je me fiche de qui sera mon mari si je ne peux pas avoir Nyko. Je veux juste qu'on me retire ce truc dans le crâne et je quitterai la Flotte. J'en peux plus. J'ai plus envie de me battre, de tuer, de hurler. J'ai plus envie de faire preuve de courage. Je ne veux jamais revoir ces horreurs à la peau bleue ou entendre la voix monocorde d'un soldat de la Ruche prononcer le mot « nous ».

Ma mère me dirait que je suis au bout du rouleau, mais j'ai *plus* envie de continuer comme ça. J'ai assez tué, blessé et saigné. Je veux vivre. Une vraie vie, avoir une famille, boire du vin, assister à des concerts et avoir des enfants. Manger du chocolat tous les soirs avant d'aller me coucher, faire l'amour comme une bête avant de m'endormir. J'ai envie qu'on m'enlace quand je ferme les yeux, je veux plus jamais me sentir seule, perdue au fin fond de l'univers. « Allez-y docteur. Enclenchez le processus. Mariez-moi. Je suis prête. »

Elle me décoche un immense sourire.

— Excellent. Je prépare tout ça pendant que vous vous entretenez avec le docteur Mersan.

— Parfait. Je tiens à être téléportée immédiatement après le processus. Une livraison m'attend.

Elle me regarde en souriant d'un air interrogateur.

— D'accord. Ça prendra combien de temps ? Je dois informer votre futur époux de la date de votre arrivée. »

Combien de temps faut-il pour être téléportée chez mon nouveau mari une fois mariée ? Excellente question. On doit me téléporter au service des Renseignements, je dois rencontrer le docteur Helion et l'équipe des Renseignements, les informer de ce que j'ai vu lors de ma rencontre avec la créature Nexus, passer plusieurs heures à faire le débriefing, subir une intervention chirurgicale pour qu'on me retire ce foutu implant et guérir.

« Cinq jours.

— C'est faisable. » Le docteur Moor s'éloigne en marmonnant. Je l'imagine en train de sautiller vers le pupitre de commandes pour m'enregistrer et me trouver le partenaire idéal.

N'importe qui, tant qu'il ressemble pas à Nyko.

Nyko ne bouge pas d'un pouce, une vraie sentinelle. Il me protège, même si sa future épouse, une Epouse Interstellaire, peut arriver d'une minute à l'autre.

Mon imbécile de cœur n'en a rien à foutre. Je n'ai pas la force de lui demander de partir. Il n'est pas à moi mais je me sens en sécurité avec lui. Et je ne connais pas le docteur Mersan. D'après le service des Renseignements, je peux lui faire confiance mais je suis crevée et fatiguée, j'ai le cœur brisé. Je n'ai pas envie de l'affronter seule.

Un guerrier Prillon vêtu de vert pénètre dans la salle d'examen à cet instant précis. Il referme la porte derrière lui, la conversation doit rester secrète, seul le Commandant Karter a le droit d'écouter.

Il se tourne vers Nyko. « Vous pouvez y aller, Seigneur de guerre.

Je me fige, je n'ai pas envie de rester seule dans la pièce avec le docteur.

— Non.

La bête ne bronche pas.

— Seigneur de guerre », poursuit le docteur, mais Nyko se lève et se place à mes côtés. Je lui souris l'air éperdument amoureuse, je n'essaie même pas de le cacher. Voilà l'effet qu'il me fait, ça me gêne pas de paraître vulnérable. C'est un sentiment tout à fait incroyable, impossible à réprimer. Ça fait du bien de pouvoir compter sur lui, de lui faire confiance. C'est trop bon. Je l'ai vu décapiter des soldats de la Ruche : je n'ai pas peur du docteur en présence de Nyko.

Le docteur change de tactique et me dévisage. « Capitaine Simmons. Cette conversation doit rester entre nous.

Je lève les yeux au ciel.

— Écoutez toubib, il était dans la grotte avec moi. Il m'a sauvé la vie. Il a tué trois créatures Nexus, il m'a aidée à retirer l'échantillon de la tête de la créature. Il a tout vu. Il en connaît plus que vous à ce sujet.

Le docteur Mersan pince les lèvres et hoche la tête, il regarde Nyko, qui n'est pourtant pas un petit gabarit, le docteur doit bien mesurer deux mètres quarante.

— On va faire un débriefing, Seigneur de guerre. On a des questions à vous poser. »

Nyko se contente de grogner, pour une raison étrange, ça me fait rire. Je sais que Nyko va se calmer et raconter aux Renseignements ce qu'ils veulent savoir. Je suis persuadée que le docteur le sait mais il regarde Nyko d'un air glacial et hausse les épaules. « Voilà pourquoi on ne recrute pas d'Atlans.

Ça y est, c'est dit. Il fait comme si Nyko n'était pas là.

— Comment vous sentez-vous ?

— Mieux.

— Vous n'auriez jamais dû enlever votre casque à proximité de Latiri 4.

— Je le sais désormais.

Nyko m'interrompt.

— Pourquoi ? Pourquoi pas blessée maintenant ? »

Mersan est un guerrier Prillon d'une quarantaine d'années. Il a la peau bronzée, les cheveux auburn. Des yeux couleur café, intelligents. Astucieux. Il sait comment s'y prendre avec Nyko. Surtout s'il veut que le seigneur de guerre lui fournisse les informations concernant les créatures Nexus.

« Le *Karter* est en orbite bien au-delà de la portée des communications de la Ruche. Leur réseau ne peut nous atteindre.

Je regarde Nyko, j'aimerais qu'il comprenne.

— Mon casque fait écran aux transmissions de la Ruche, comme dans la grotte.

Il grommelle, il a compris, le docteur poursuit.

— Le Commandant est en train de scanner les basses fréquences de leurs commandes maintenant que vous voici revenue à bord du vaisseau, mais on doit vous exfiltrer d'ici le plus rapidement possible. Si vous êtes entrée en contact direct avec une créature Nexus, ils connaissent votre existence, ils vous traqueront, Capitaine. Vous représentez un danger pour le vaisseau et l'ensemble du personnel.

— Je sais. » Je m'agite sur ma chaise, soudainement mal à l'aise. Je peux me téléporter maintenant.

Nyko pose sa main sur mon épaule comme s'il voulait m'empêcher de bouger mais le docteur Mersan désapprouve. Je ne peux pas être téléportée où que ce soit sans son accord.

« Je ne pense pas que ce soit une bonne idée. Le docteur Helion ne sera pas de retour au service des Renseignements avant un bon moment. Vous avez perdu énormément de sang. On risque de ne pas pouvoir arrêter l'hémorragie la prochaine fois.

Le docteur parle calmement, d'une voix purement clinique. Nyko baragouine un :

— Quelle prochaine fois ? »

9

Megan

Le docteur hausse les sourcils, me laissant le soin d'expliquer ou pas à la bête. Ma mission ne consiste pas seulement à combattre la Ruche, comme Nyko ou d'autres combattants du service de Renseignements, mais également à les aider à percer le mystère de leur système de communications, à trouver comment leurs implants et ces pièces microscopiques s'imbriquent et leur permettent de communiquer. La créature Nexus nous permet de faire un pas de géant dans la bonne direction. Le docteur Helion m'a raconté que ça fait vingt ans que la Coalition essaie de se les procurer.

Le Nexus s'est toujours désintéressé de l'appât ... jusqu'au jour où l'appât était une femme.

Ils ont eu du mal à trouver une femme volontaire. J'avais une peur pas possible mais je suis forte. Rapide.

Intelligente. Je savais que j'arriverais à réussir ma mission et à ramener les pièces du puzzle Nexus.

Je me suis trompée sur toute la ligne. Ce truc m'a regardé droit dans les yeux et a eu raison de moi, je me suis sentie si seule et si isolée que j'étais prête à lui donner mon âme.

Nyko m'a sauvée. C'est un sacré guerrier, il mérite d'être heureux, même avec une autre.

Je pousse un soupir. Nyko et moi avons vécu un moment fort, sans parler de cette nuit. Je lui dois une explication. « Je travaille pour le service des Renseignements de la Coalition. J'avais pour mission de piéger une créature Nexus, de l'éliminer, de récupérer son système de communication neurologique ainsi que des échantillons de tissu corporel. La Coalition est persuadée qu'il s'agit d'une sorte de trio spécial de la Ruche faisant office de terminaux de communication. Des commandants de La Ruche. Ils pensent par eux-mêmes et donnent des ordres. Jusqu'à hier, ces créatures Nexus n'étaient qu'une rumeur, un mythe. Nexus 9 est la première créature jamais rencontrée jusqu'alors. On devait les attirer à l'écart et tuer le premier qu'on rencontrerait.

Nyko serre les poings.

— Ta tête ?

— On imaginait que le fait de récupérer un implant neurologique sur un gradé de la Ruche nous aiderait à nous faire obéir d'une créature Nexus.

— Appât.

Je hoche la tête, c'est dingue, j'ai plus mal au moindre de mes mouvements.

—Techniquement oui. Ils ont senti l'implant et m'ont suivie dans la grotte.

— Te tuer.

On sait très bien qu'il m'a sauvé.

— Tu m'as sauvée la vie, Nyko. La question n'est pas là.

— Fini. Pas de prochaine fois.

Je suis d'accord. A cent cinquante pour cent.

— Terminé.

En grognant, je touche l'arrière de ma tête et je sens la petite bosse laissée par la cicatrice de l'intervention. J'aurais bientôt une nouvelle cicatrice mais je ne servirai plus d'appât. On m'aura enlevé cette technologie mortelle de la Ruche.

— Je dois être téléportée au quartier général des Renseignements afin qu'on me retire cette technologie de la Ruche.

— Maintenant.

Le docteur Mersan croise ses bras sur sa poitrine, prend place dans un fauteuil à côté de moi, visiblement hostile envers Nyko. Ça marche, si tant est que les soubresauts qui agitent mes épaules soient un indice face à la réaction Nyko.

— J'ai parlé au docteur Helion. Ils estiment que vous resterez dans un état stable tant que vous serez hors de portée de toute activité ou transmission de la Ruche. Il me regarde. Je prépare la téléportation pour ces jours-ci, le temps d'obtenir le feu vert du docteur Helion. Préparez-vous à partir quand on vous en donnera l'ordre. Les patrouilles, les combats, c'est terminé. Vous quitterez ce vaisseau quand on vous le dira.

— Parfait. »

Je déteste les docteurs. Le docteur Moor est agréable mais en fin de compte, ils ne sont là que pour vous empêcher de tourner en rond, pour vous empêcher de vous battre pendant que vos amis partent au casse-pipe.

Il se lève et ouvre la porte, fait signe au docteur Moor de revenir avant de s'adresser à moi.

— J'attends votre rapport.

Je me force à sourire. Peu importe. Il est parti, un visage bien plus amical se présente à moi. Le docteur Moor rayonne littéralement de bonheur.

—Megan, vous avez fait votre temps en tant que combattant de la Coalition. Vous êtes arrivée au terme de vos deux années de service.

Le docteur Moor parle d'une voix chantante que je n'ai jamais entendue auparavant.

— Vous êtes officiellement à la retraite.

Waouh. C'est du rapide. Je dois encore aller voir le docteur Helion et me faire retirer l'implant de la Ruche. Ils voudront également la technologie que j'ai récupérée dans le cadavre.

— J'ai une dernière livraison à effectuer.

Merde. Où il est ? Mon cœur tambourine dans ma poitrine, je me lève du fauteuil.

— Où est mon sac ? Je le portais en sac à dos, on a dû me l'enlever quand on m'a placée dans le caisson ReGen.

— Relax, Megan. Nous l'avons.

Le docteur passe dans l'autre pièce et récupère mon sac posé sur une étagère creusée dans le mur derrière le caisson. Elle prend le sac et se dirige vers moi.

— Tenez.

Je sens la forme du casque à l'intérieur, je sais ô combien ça m'a coûté de sacrifices. Je respire.

— Une dernière livraison et ce sera terminé pour moi.

Elle prend mon casque posé sur l'étagère et me le tend. Son poids est rassurant, bien qu'il ne soit que dans mes mains, et pas sur ma tête.

— Vous avez enlevé votre casque à la station relais ?

— Oui.

— Ne refaites plus jamais ça. Quoi que vous ayez en tête—

J'OUVRE la bouche pour protester ou répondre mais elle m'arrête.

—Je n'ai pas besoin de savoir de quoi il s'agit. Elle me regarde droit dans les yeux. Néanmoins, *si* ça a quelque chose à voir avec la Ruche, je vous suggère de ne pas retirer le casque à moins que vous soyez sûre d'être hors de portée de leurs ondes de transmission. Je souris. Super flair médical et bons instincts. Je dois faire confiance au docteur Moor. C'est une femme bien.

— C'est noté.

L'heure n'est plus à la rigolade, elle me saisit par le bras.

— Megan, écoutez-moi. Quel que soit ce qui vous a fait atterrir sur ma table d'examen, c'est un processus très actif. Qui ne s'est pas uniquement contenté de vous faire saigner. Ça a attaqué vos cellules, les a dévorées, les a faites évoluer. On doit vous retirer ce truc de la tête au plus vite. »

L'implant de la Ruche me bouffe le cerveau ? J'y avais

songé mais je pensais que c'était une blague. Ce qu'elle vient de me dire ne me donne pas du tout envie de rire. Bon sang, il faut me retirer ça au plus vite. Hier. Le docteur Helion n'étant pas disponible immédiatement, je vais trouver le temps long.

« Merci docteur. Je soupire et regarde Nyko. Merci, Seigneur de guerre. Je ... hum, vous souhaite bonne chance avec votre épouse. J'espère que votre fièvre tombera rapidement. »

Ça veut dire qu'il va en baiser une autre, putain de merde. Je me dirige vers la porte, je n'ai pas envie de m'attarder. Ça ne serait que plus pénible. Je suis presque sortie du dispensaire lorsque le docteur m'appelle.

— En parlant de partenaires, Megan, vous n'avez pas envie de savoir qui est votre époux ?

Je me retourne en entendant le docteur et je regarde Nyko, je suis si nerveuse que j'aimerais disparaître six pieds sous terre.

— Non. Pas pour le moment. Je secoue la tête, je voudrais qu'elle comprenne à quel point la situation est gênante. Vous me le direz plus tard.

Elle part d'un rire bref.

— Non. Non c'est impossible. Félicitations Mademoiselle Simmons. »

Ça fait deux ans qu'on ne m'a pas appelée « Mademoiselle ». Ça me fait tout drôle. J'ai l'impression d'être sur terre.

Je regarde Nyko, il est toujours aussi vénère que lorsqu'il a déboulé dans la grotte. Il va avoir une femme, sa propre femme. Très rapidement, j'imagine. On va vite lui donner les résultats afin qu'il ne soit pas exécuté.

Personne ne tuerait un seigneur de guerre en proie à la fièvre d'accouplement.

— D'accord. » Je serre mon sac contre moi en attendant de connaître le nom de mon époux, j'essaie d'imaginer quel effet ça doit faire d'avoir un homme rien qu'à soi, un homme qui me conviendrait à la perfection, qui m'aimerait autant que je l'aime. Que je désirerais, un désir réciproque.

Je me fiche de savoir qui est cet homme mystérieux, alors que tout mon corps réclame Nyko. Pourquoi est-ce que j'ai l'impression d'avoir le cœur brisé en hochant la tête dans l'attente de la réponse du docteur ?

Nyko pousse un grondement de rage qui me fait sursauter. Trois membres de l'équipe médicale se précipitent sur lui pour essayer de l'empêcher de me ... sauter dessus.

« Seigneur de guerre, calmez votre bête immédiatement, tonne le docteur.

— A moi, grogne-t-il, sans me quitter des yeux.

— Oui, votre bête a raison, elle est à vous.

Je m'arrête net et je dévisage le docteur.

Elle sourit.

— Il y a des jours comme ça où j'adore mon travail. Le recrutement est effectué, votre mari est le Seigneur de guerre Nyko.

Je reste bouche bée, mon casque me tombe des mains et atterrit par terre dans un bruit sourd.

— Nyko est mon mari ? Je pousse un cri perçant.

— Oui. À quatre-vingt-dix-neuf pour cent. Elle regarde sa tablette. Je n'ai jamais vu un score aussi élevé et pourtant, Dieu sait que j'en ai fait passer des tests.

— Mais ... mais ... on ne s'entend pas, on ne fait que se disputer. C'est moi qui viens de sortir une connerie pareille ? Oui. Oui, c'est bien moi. Qui pourrait me le reprocher ?? Mon cœur bat à tout rompre, une sensation de légèreté m'envahit, j'aimerais pousser le cri des cow-boys au Far-West.

—Ce qui veut dire, Seigneur de guerre, que vous avez réussi le test. J'ai eu confirmation des résultats. Vous êtes marié à Megan Simmons de la Terre.

Je regarde Nyko pour obtenir confirmation, il semble digérer la nouvelle. Le technicien ne l'empêche plus de bouger, sa bête semble grossir à vue d'œil. Un sourire émaille son visage. Un sourire carnassier, possessif.

— Femme. Il gronde et je frémis.

Le docteur hausse les épaules et rigole d'un air espiègle.

— Je pense que vous allez bien vous entendre. » Elle me fait un clin d'œil. Parfois, parler est inutile.

Je pousse un cri tandis que Nyko s'approche lentement de moi, sans me quitter des yeux. Mon corps s'enflamme tel un bâton de dynamite, je sais que la prochaine fois qu'il me touchera—non, *lorsqu'il* me touchera—je vais partir comme une fusée.

On va s'envoyer en l'air.

Je me penche pour ramasser mon casque, le range dans mon sac à dos tandis que Nyko me prend dans ses bras et m'emmène hors du dispensaire. Il ne dit rien, je ne lui demande rien. On sait très bien qu'on va finir à poil. Très vite.

Les murs passent du vert réservé au secteur médical aux teintes orangées et marron des parties communes, jusqu'à une teinte beige apaisante réservée au quartier des habitations. Je ne me suis jamais rendue à cet étage auparavant—ma chambre se situe à l'étage des femmes combattantes—je n'ai jamais couché avec un Seigneur de guerre Atlan.

La porte coulisse avec un bruit sec, il m'emmène dans ses appartements privés. Comme je m'y attendais, c'est simple et très masculin. Un grand lit avec des draps couleur chocolat au lait, une petite table et trois chaises qui doivent faire office de bureau et de table à manger. Je me demande combien de fois il a dû manger seul ici, au lieu de prendre ses repas à la cafétéria avec les autres célibataires.

Je n'ai pas le temps d'en voir plus puisqu'il m'amène dans une grande salle de bain, une pièce que les Atlans affectionnent tout particulièrement. Elles sont grandes et équipées en conséquence. Il n'y a pas de baignoire, plusieurs jets de douche aux murs et au plafond. Une douche comme dans les magazines. Assez grande pour y entrer à deux, c'est apparemment ce que ma bête a à l'esprit. *Ma bête.* Nyko est à moi.

Il me pose, prend le sac et le casque, défait les attaches de mon armure. Tout se passe si vite que je ne tiens pas le rythme et lève les mains pour l'arrêter.

Il y a encore deux jours, il me détestait. A chaque fois qu'on se voyait, on se parlait mal, on s'envoyait mutuellement balader. Il se fige sous ma caresse et contemple mon visage, son regard apaisé brille de désir.

Sa bête est toute contente, reste à savoir s'il partage son sentiment.

« T'en est sûr ? Un mariage c'est pour la vie et tu

m'aimes pas. Personne ne m'aime. Je suis une vraie salope, non pas par choix mais par nécessité. Pratique, pas sentimentale pour deux sous. Ça ne va pas changer subitement parce que je suis mariée.

— Parfaite. Courageuse. Belle.

Ma bête veut des caresses, il sait comment s'y prendre. Je souris, approche mes mains de son visage et l'embrasse. À mon tour de dire ce que je pense. Je suis sincère. Je n'ai pas l'intention de partager.

— A moi. »

Je n'ai jamais vu de bête sourire, c'est pourtant ce qu'il fait, juste avant de m'embrasser.

10

yko

Ce baiser me fait tout oublier. Moi, l'immense guerrier Atlan, pas seulement en version bête, mais du fait de la fièvre d'accouplement, m'abandonne sous le baiser de Megan. Ses caresses ont déjà apaisé la bête dans la grotte, je me suis fondu en elle, mais là, c'est différent. Maintenant, c'est ma femme.

La fièvre fait toujours rage. Le fait de l'avoir possédée ne l'a pas faite baisser ... du moins, pas encore.

Ma bête le savait depuis le départ. Elle n'a cessé de répéter « *à moi* » en boucle, je croyais que c'était le désespoir qui la poussait à vouloir baiser, parce que Megan est une femme belle et désirable. Oui, ma bête est débridée mais on dirait que mes instincts primaires sont bien accueillis, la bête *savait* que Megan nous appartenait. Pas étonnant qu'elle se soit bien comportée avec elle dans la grotte. Ma bête ne voulait pas simplement la baiser, mais *s'accoupler*. C'est ce qu'elle s'est évertuée à me dire depuis le moment où elle a retiré son casque dans la grotte, mais j'ai refusé d'écouter. L'Atlan que je suis réclamait une preuve. Le test et le mariage qui s'ensuivent sont bien la preuve que Megan est faite pour moi. C'est ce que j'espérais au fond de moi, mais je ne voulais pas faire la part belle à mon imagination. Cette farouche diablesse me déteste, mais dans la grotte, mes caresses l'ont apaisée, tout comme les siennes ont apaisé ma bête.

Elle me déteste.

Mais elle m'a embrassé comme si elle ne voulait jamais me quitter. Elle a entrouvert ses lèvres, a insinué sa langue dans ma bouche. Megan n'est pas une amante facile, et apparemment, elle a elle aussi décidé de me posséder. Ses caresses non plus rien d'hésitant. Il n'y a que du désir et une envie très féminine, ma bête grogne en guise de réponse.

Quand je l'ai vu franchir la porte du dispensaire—elle allait nous quitter pour de bon —ça a rendu ma bête folle, mais ça m'a aussi fait crever de désir, moi le farouche Seigneur de guerre. Je ressentais des regrets. Cette nuit passée avec elle dans la grotte ne m'a pas suffi. Si le simple fait d'appuyer sur un bouton et une petite intervention divine pouvaient faire en sorte qu'elle soit à moi. Toute à moi, je ne serais plus *jamais* seul. Le doute ne sera plus possible une fois qu'elle portera mes bracelets. Plus personne ne pourra me la prendre.

Elle sera à moi pour toujours. Je pourrais la toucher, le goûter, la rendre folle de désir. Je lui apprendrai. Je baiserai et branlerai sa chatte chaude et humide pour extirper la moindre goutte de plaisir de son corps avide.

J'ai récupéré les bracelets tôt ce matin dans mes appartements. Je sens leur poids contre ma hanche, je sais pertinemment que ce n'est pas un simple morceau de métal mais le symbole d'une union partagée. Je ne vais pas simplement posséder ma partenaire, elle ne m'accepte pas uniquement en tant qu'amant. Avec la bête, ça va bien plus loin que ça. Personne ne peut contrôler ma bête dans tout l'univers, personne, elle excepté. Elle répondra à son appel, se calmera sous sa caresse, elle me possèdera comme personne jusqu'alors. J'ai tellement envie de me donner à elle que la douleur dans ma poitrine exploserait presque. Ça fait des années que je suis seul. Depuis mon plus jeune âge. Je suis orphelin de guerre. Je n'ai pas de parents. Pas de famille. Jusqu'à aujourd'hui. Maintenant j'ai une femme, elle est tout pour moi. Dès aujourd'hui.

Je ne refuse pas son baiser, je me concentre sur son armure, la lui retire. Ses lèvres douces, sa langue accueillante, son goût me donne envie de jamais arrêter. Et bien plus encore. Tout un continent à goûter et à explorer. Je m'en suis rendu compte la nuit dernière. Je l'ai baisée, mais là, je veux la posséder en bonne et due forme, trouver le chemin de son cœur.

Elle rit, baise et se bat avec la même intensité. Elle est la perfection incarnée. Je connais désormais la vérité, elle travaille dans l'un des secteurs les plus dangereux de la Flotte, c'est un agent des Services des Renseignements, je connais sa bravoure —son imprudence—elle est digne d'être ma partenaire. Je devrais bouillir de rage mais j'aime d'autant plus son esprit guerrier. Je me rends compte malheureusement que son corps ne me suffit pas. Je veux qu'elle m'aime pour de vrai, passionnément, avec courage. Je ne me vois plus du tout avec une femme douce et docile comme je me l'étais imaginé.

Je veux du feu, de la fureur, de la passion, une bouche accueillante. Je veux Megan. Je veux qu'elle me donne tout d'elle et qu'elle se livre à moi. J'ai besoin de veiller sur elle, je veux tout d'elle.

J'ai hâte... Non, à moi de décider. Je m'arrête, retire sa chemise noire et la jette sur son armure, elle est nue jusqu'à la taille. Elle a de gros seins en forme de goutte, les aréoles sont marron foncé, les tétons retroussés. Il ne fait pas froid du tout dans la salle de bain, la réponse est évidente. Elle est tout à moi.

Je dois la goûter, apprendre à connaître toutes ses senteurs, je tombe à genoux afin que ma bouche soit parfaitement alignée et je lape ses tétons, l'un après l'autre. Elle pose ses mains sur ma tête et enfouit ses doigts dans mes cheveux, je sais qu'elle aime ça. Elle me tire les cheveux pour que je continue, ma bête aime son côté sauvage. Je la regarde — sans arrêter mes bons soins pour autant—la passion se lit dans son regard, nulle trace de timidité. Non, elle ne se montrera plus jamais timide. Ce n'est pas dans sa nature, c'est une femme passionnée. Elle sait ce qu'elle veut, ce qu'elle aime, elle ne se retient pas. Et moi non plus. Elle me regarde en train de la sucer. Mon corps tendu à l'extrême palpite, j'ai une envie folle de voir ses lèvres charnues se refermer sur ma bite.

Pour le moment, j'ai besoin de la voir nue, d'admirer

ses courbes plantureuses, de la caresser, de planter mes doigts dedans pendant que je la baise.

Ma bête grogne, se montre soudainement impatiente. Je réfléchis trop. Ses seins sont à tomber, ses tétons aussi doux que dans mon souvenir, il y a tant à découvrir, à goûter.

« Bottes, je grogne, je m'assois sur mes talons et la regarde les retirer l'une après l'autre.

— A ton tour, souffle-t-elle. J'ai besoin de te voir. »

Ma femme veut me voir nu, je ne vais pas m'en plaindre. Ça nous fait déjà un point commun. Si le fait qu'on soit nus nous empêche de nous disputer et d'ergoter, qu'il en soit ainsi. Quand on sera de retour chez moi sur Atlan, je la garderai nue pendant deux jours. Voire des semaines. On fera un bébé.

J'arrache littéralement mon armure, retire la moindre protection de mon corps et me retrouve entièrement nu. Plus aucun obstacle ne se dresse entre ma bite et son corps parfait.

Nos souffles sont hachés, ma bête rôde, elle a hâte de poser ses mains sur elle, je regarde sa poitrine se soulever, ses joues rosir de désir tandis que je me déshabille.

Je tourne le robinet de la douche sans même regarder. La température de l'eau est comme j'aime, je sais que Megan ne va pas la trouver brûlante. Je me lève et pousse ma femme sous le jet d'eau chaude, cette eau bienfaisante qui lave toute la saleté et la poussière accumulées depuis notre bain dans la vasque au sein de la grotte. Je m'empare du savon et lave la moindre parcelle de son corps avec une attention particulière. Prendre une douche avec elle est totalement différent d'hier soir, je sais désormais que sa peau douce, ses courbes pleines m'appartiennent. Je n'aurais jamais imaginé éprouver un tel sentiment de possessivité. J'ignore ce qu'est l'amour. Je n'ai jamais aimé personne de toute ma vie. Un poids douloureux et solennel appesantit mon cœur et mon esprit, tel un point d'ancrage prenant racine durablement. Megan. Elle incarne mon havre de paix, ma lumière au bout du tunnel.

« Nyko, s'il te plaît, murmure-t-elle, frétillante de désir.

Je croise son regard.

— Quoi ? Ma voix se résume à un grognement rauque et monosyllabique. Je dois apprendre à maîtriser ce grognement jusqu'à ce que je lui enfile les bracelets, jusqu'à ce qu'elle m'appartienne. Ce qui ne saurait tarder. Envie ? »

Ma bête n'a nullement envie de gaspiller son énergie à formuler des phrases alors que je n'ai qu'une envie : la baiser.

« A mon tour. » Elle prend le savon dans ses mains, je reste immobile sous la douche chaude tandis qu'elle me savonne, gardant mon sexe pour la fin. Mes muscles frémissent, j'ai envie de la toucher, de m'imposer, mais je me retiens. Elle agrippe ma verge dans son poing glissant et effectue un bref mouvement de va et vient—il est clair qu'elle ne me savonne plus, elle veut s'amuser—je recule. Pas encore. On va jouer, mais pas tout de suite.

Je m'écarte, elle pousse un gémissement chagriné. L'eau qui ruisselle sur elle doit lui sembler fraîche comparée à la chaleur de mon corps, surtout vu ma fièvre. Je m'empare des bracelets posés sur le pantalon trempé jeté pêle-mêle sur le tas de vêtements et d'armures et les tends à Megan. Je les sépare des miens et lui en tends trois.

Nos corps dégoulinent, j'inspire profondément et fais en sorte de repousser ma bête afin d'être en mesure d'articuler correctement. Je regarde Megan et prononce les fameuses paroles que j'ai toujours rêvé de déclamer à mon épouse, quand j'étais encore jeune et optimiste. « Je te prends pour femme, Megan Simmons, de la Terre. »

Je passe un bracelet à mon poignet droit sans la quitter des yeux, je la vois déglutir. Le bracelet se referme et s'ajuste de lui-même autour de mon poignet : « Je m'unis avec toi de tout mon cœur, de toute mon âme et de tout mon corps. Je t'offre ma protection et me porte garant de ton plaisir. »

Elle écarquille les yeux à l'énoncé de ce dernier point. Je prends le second bracelet et le passe à mon autre poignet. Je tends les bras, contemple mes bracelets aux armoiries de ma famille. Je suis leur dernier héritier. Le dernier d'une longue lignée de guerriers à les arborer. J'espère qu'un jour, Megan me donnera des enfants. Une famille. Sinon, je l'aurais, elle. Elle sera à moi, c'est bien assez, bien plus que tout ce que j'ai eu jusqu'à alors. « Je t'appartiens, Megan. Je suis à toi. »

Ma bête se fige, fière d'avoir laissé parler mon cœur et d'avoir passé les bracelets à mes poignets. Leurs poids m'apaisent, ils sont une promesse et l'assurance d'avoir pris une femme, une femme à aimer, à choyer—ma raison de vivre. Nous avons parcouru la moitié du chemin. Je dois maintenant lui enfiler les bracelets, pour qu'elle me prenne pour époux. Pour que nous ne fassions qu'un.

Elle agrippe le métal, ses jointures blanchissent mais elle n'oppose aucune résistance lorsque je lui prends les bracelets des mains et en ouvre un.

Pour la première fois, je me sens vulnérable. Je suis un Atlan. Puissant. Fort. Dangereux. Megan Simmons peut m'anéantir dans les secondes qui suivent. Je peux survivre à tout, un « non » me condamnerait à une mort certaine.

« Ces bracelets sont la preuve Atlanne que tu m'appartiens. Je sais que le protocole de recrutement des épouses t'accorde trente jours pour décider si tu m'acceptes ou pas en tant que mari, Megan. Mais tu me connais. Tu connais tout de moi, en bien et en mal. On a combattu ensemble, sur le même champ de bataille. Je n'ai aucun secret. » Elle a vu mon mauvais côté. Je suis tombé à ses pieds dans la grotte, affaibli et blessé. Je lui ai sauté dessus alors que je n'étais qu'une bête, j'avais tellement envie d'elle que j'étais incapable d'aligner deux mots. Je me suis maîtrisé à grand-peine. On s'est disputés, on s'est embrassés. On a survécu à la folie de la Ruche sur Latiri 4 et à des années de service au sein de la Flotte de la Coalition. Nous avons donné notre vie pour les mondes de la Coalition. Nous avons combattu, blessé, tué. Et voilà ce qui nous reste. L'envie. Le désir. Le respect. La paix. Un foyer. Si elle veut bien de moi.

« Tu es sûr de toi, Nyko ? Il y a deux jours à peine, j'aurais juré que tu pouvais pas me blairer. » Elle me regarde d'un air perplexe, d'un regard noir, ne sachant que penser. Je ne veux plus voir ce regard.

Je me baisse en grognant et lèche son cou jusqu'à son oreille. « Tu me rends fou, femme. Ma bête grognait à chaque fois que j'étais à tes côtés, depuis la première fois que je t'ai vue à bord de ce vaisseau. Être à tes côtés est une lutte constante. Je t'ai longuement regardée et admirée. Tu es à moi. Je le sais depuis le départ.

Elle enfonce ses mains dans mes cheveux et m'attire vers elle, me regarde droit dans les yeux.

« Tu veux bien de moi ? T'en es sûr ? Je suis autoritaire et arrogante. Je déteste les mensonges et j'aime pas qu'on me donne des ordres. J'aime pas cuisiner, faire le ménage ou chanter des berceuses. Je suis quasiment sûre que j'apprendrais à mes filles à se battre, et non pas à danser ou à jouer du piano. Je ne suis pas comme les autres femmes, Nyko. Et je vais pas changer pour toi. Je ne changerai pas. Tu peux toujours m'amener sur Atlan, me faire passer une jolie robe, je ferai semblant. Je la mettrai l'espace d'une journée, lors d'une fête, mais ce ne sera pas moi.

— Je sais femme, j'en suis conscient. Je l'embrasse sur la bouche en prenant tout mon temps, pour qu'elle sache exactement à quel point j'ai envie d'elle. J'ai pas envie d'une femme tranquille ou docile. C'est toi que je veux. Me feras-tu l'honneur d'accepter ? »

11

Nyko

ME FERAS-TU *l'honneur d'accepter ?*

Je reste en apnée, j'attends sa réponse. Les secondes me paraissent des heures tandis qu'elle passe la langue sur ses lèvres, regarde les bracelets, me regarde, comme si la réponse se trouvait dans mes yeux. La vérité ? La franchise ? Le désir ? Tout y est. Je le sais, je le sens dans tout mon être. Le premier imbécile venu s'en apercevrait, Megan est loin d'être une idiote.

« Oui, Nyko. »

Elle parle d'une voix claire, sans aucune hésitation. Dieu merci, parce que ma bite est sur le point d'exploser.

Je souris, ouvre le fermoir d'un bracelet et le referme autour de son poignet fin. J'ai les doigts qui tremblent en ce moment solennel, ma bête fait la belle en voyant le bracelet se refermer sur son poignet. Je fais de même avec le deuxième. L'argent clair produit un contraste frappant sur sa jolie peau sombre.

« À moi. Ce n'est pas la bête qui parle cette fois-ci mais le guerrier Atlan, l'homme.

Elle secoue doucement la tête, prend mes poignets et pose ses mains sur mes bracelets :

— Non, à moi.

— Mon dieu oui, femme. Je suis à toi.

— Et ta bête ? demande-t-elle en regardant ma bite dressée contre son nombril. Du sperme s'écoule de mon gland dilaté.

— Elle est à toi. Prête à te posséder.

Megan sourit d'un air diabolique.

— Et donc, qu'est-ce que tu attends ? »

Je manque de jouir sur le champ, d'éjaculer sur son ventre au lieu d'éjaculer en elle. Je me souviens de l'étroitesse de son vagin se contractant sur ma bite lorsqu'elle a joui la nuit dernière. Je me souviens de son corps qui ondule et se contracte, m'attire en elle de plus en plus profondément. De son souffle saccadé, j'ai envie d'entendre à nouveau tout ça.

J'ai faim de sa peau, de ses baisers, de son sexe chaud et humide. J'en salive. Je la fais reculer, son dos se plaque contre la paroi de la douche, je tombe à genoux. Je passe mes mains derrière ses genoux et fais en sorte qu'elle s'assoie sur mes épaules. Je la saisis par la taille, je la soulève afin que sa chatte soit juste au-dessus de ma bouche.

« A moi, » rugit la bête, avant d'embrasser le petit triangle de toison qui indique le chemin vers son clitoris gonflé. J'ai envie de le lécher, de le sucer, de le titiller, mais je dois d'abord le goûter. Ma langue s'insinue dans les moindres replis de sa vulve humide, je découvre l'étendue de son excitation. Ma bête hurle de plaisir, elle reconnaît le goût, elle l'adore. J'ai son odeur sur moi, dans ma bouche, sur le menton, jusque sur le bout du nez. Je suce son clitoris, je glisse profondément mes doigts dans son vagin. Je les recourbe, elle pousse un cri.

Oui, j'adore ce bruit. J'effectue des va-et-vient, elle plante ses doigts dans mes cheveux.

J'y suis presque. Je dois la faire jouir. Je dois faire en sorte qu'elle soit douce et humide pour accueillir ma bite. Je suis un guerrier Atlan, désormais marié. Elle doit jouir en premier. Elle doit toujours passer avant moi, y compris avec ses orgasmes.

Je ne suis pas tendre avec elle. Je ne vais pas mettre son plaisir en sourdine. Non, ma bête ne le permettrait pas. Pas cette fois. Je lui procure un orgasme violent, elle coule sur mes doigts, j'en ai plein la main. Elle pousse un hurlement, ses cuisses tremblent autour de ma tête.

« Nyko, *Nyko*. »

L'orgasme se calme mais je n'attends pas. Je me lève et fais en sorte qu'elle soit plaquée contre le mur. Elle enroule ses jambes autour de ma taille du mieux qu'elle peut, ma bite est parfaitement dans l'axe. Ses seins doux et ronds se pressent contre ma poitrine.

Je prends ses mains dans les miennes et les lève au-dessus de sa tête. Mes doigts encerclent ses bracelets. Le simple fait de les sentir, de savoir qu'elle les porte, que je vais faire l'amour avec ma *femme*, est incroyable. Je me souviendrai de ce moment pour le restant de mes jours.

Ou pas.

La bête gronde, me pousse à aller de l'avant, à posséder ce qui m'appartient.

Megan est ma femme mais la bête a besoin d'elle, de la baiser, de la goûter, de s'amuser, de laisser son odeur et son sperme sur son corps.

« A moi. »

Megan rit face à ces deux mots franchement incohérents, d'un rire empreint de confiance et de bonheur. Elle n'a plus peur de moi, elle ne me voit plus comme un gros monstre qui la domine par la peur. Ma bête bloque ses mains au-dessus de sa tête, elle ondule des hanches, se frotte contre mon corps, en guise d'invitation. « A moi, Nyko. T'es à moi. »

Je la pénètre à fond d'un seul coup de hanche. Elle se plaque contre le mur sous l'impact, renverse la tête en arrière, ses cheveux humides forment un halo sombre sur la faïence claire. Mon dieu, j'ai jamais rien ressenti de tel. Je l'ai déjà sautée bien évidemment. C'était sauvage, brutal, sensuel. Elle s'est montrée docile et réceptive, comme maintenant. Elle incarne tout ce que j'aime.

Mais là c'est différent. Complètement différent. Cette fois-ci, je la pénètre en tant qu'épouse. C'est *son* souffle que je sens dans mon cou mouillé. *Son* coeur qui bat contre ma poitrine. J'enfonce mes doigts sur ses fesses rebondies, elle est à moi. Cette femme, cette extraterrestre provenant de la Terre, est la femme idéale. C'est ainsi que je le ressens. Parfaite. Pour toujours. Pour l'éternité.

Ma bête prend le dessus. Je lui ai passé les bracelets mais je dois la posséder, la baiser, la pénétrer, imprimer ma marque. Je répète *à moi* à chaque va-et-vient, la bête et moi ne faisons qu'un, on la possède ensemble.

« Nyko, oh mon dieu, je vais jouir. » Ses doigts se referment sur mes bras, comme si elle devait s'y agripper pour ne pas partir à la dérive. Elle n'ira nulle part. Je la cloue au mur, ma bite l'empêche de bouger. Je sens que je vais jouir.

Son vagin se contracte sur ma verge, ses ongles lacèrent ma peau, son désir est insatiable. Je l'entends gémir sourdement. Ma bête pousse un rugissement triomphal tandis qu'elle jouit sur ma queue. Je ne peux pas me retenir une seconde de plus. Mon plaisir va crescendo, mes couilles durcissent, mon sperme inonde ma verge, j'éjacule en elle.

« Oui ! Je pousse un rugissement tandis que mes mains s'appuient fermement sur le mur, aplatissant la surface.

—A moi. »

J'ondule des hanches, je donne des coups de boutoir afin de prolonger le plaisir, je veux m'assurer que je la marque comme il se doit.

Et subitement, ma bête, qui me taraudait et me menait la vie dure depuis des semaines, depuis que la fièvre a commencé, se calme. S'immobilise, se tranquillise. Apaisée, heureuse. Comblée. Elle a enfin trouvé sa partenaire. L'a possédée.

Je sens les lourds bracelets à mes poignets. Elle m'a possédée à son tour.

Cette femme, ce petit bout de femme, a eu raison de moi.

Megan, Quatre Heures Après

Je pensais avoir besoin de plus de sommeil que ça. Environ six ou huit heures après ce qu'on a traversé—ma tête a failli exploser—je pensais dormir une bonne semaine. Mais non. Ma liste de tâches à accomplir n'en comprenait que trois. Coucher avec Nyko. Dormir. Me téléporter chez le docteur Helion et me faire retirer ce truc dans le crâne. C'était mon plan initial. Mais il y a eu Nyko avec sa langue, sa bouche et sa bite. Qui aurait eu envie de dormir face à la tentation ? Il s'est uni à moi sous la douche, sa bête m'a pénétrée en me plaquant au mur, c'était le rêve. Non, c'était bien plus que ça. C'était un accouplement Atlan officiel. Il m'a ensuite portée sur le lit, m'a installée à quatre pattes, sa bête contrôlait la situation, il m'a à nouveau possédée. Apparemment, une fois ne suffit ni à l'homme ni à la bête.

Il m'a pénétrée rapidement, doucement, on a baisé, il a titillé mon anus, m'a administré une fessée. Il m'a donné une fessée ! Je suis loin d'être une vierge mais je n'avais jamais imaginé que sentir sa main sur mes fesses serait aussi torride. Je suis en feu. Une combustion spontanée. J'ai perdu le compte de mes orgasmes, tous bien plus torrides que le rêve du programme des épouses. *Nyko* est plus bandant que tous les hommes dont j'ai rêvé. Il est allongé nu contre moi dans le lit, son bras énorme repose sur ma taille dans un geste protecteur, il a une jambe entre les miennes, je sens son souffle chaud sur ma tête tandis qu'il s'endort.

La bête a rebroussé chemin, mon nouvel époux n'est plus en version gigantesque. Il est *toujours* immense, mais sa *bête* s'est tapie.

Il m'est arrivé de dormir avec mes frères d'armes pour me tenir chaud lors de longs combats contre la Ruche. J'ai dormi avec un amant il y a un temps, mais aucune présence ne m'a fait un tel effet.

Je me sens en sécurité. Protégée.

Aimée.

C'était ma dernière bataille. Je connais les femmes Atlannes. Elles ne combattent pas la Ruche. Elles sont pourtant grandes et fortes mais ne se battent pas. Elles n'enfilent pas de treillis et ne traînent pas avec des pistolets laser. Je suis persuadée qu'elles ne traquent pas des créatures de la Ruche dans des grottes reculées et n'arrachent pas des morceaux de chair de leurs cadavres.

Nyko m'a dépeint un tableau idyllique hier soir, me promettant qu'il ne voulait pas d'une fille tranquille et nunuche. J'aimerais vraiment qu'il dise vrai. Mais les paroles de ma mère et de mes frères tournent en boucle dans ma tête. Des années à me battre, à lutter et être traitée comme un mec. Nyko veut vraiment une femme qui *ressemble à un mec* ? C'est pas très sexy.

J'ai rien d'une épouse. Je croyais—bon sang, je crois vraiment n'importe quoi. Que j'allais me marier avec un homme qui habiterait très loin, un mec que je n'aurais jamais vu, qui ne connaîtrait rien de moi, de mon passé, de mes missions, de ma vie. J'aurais voulu garder mon passé secret, devenir ce qu'il aurait bien voulu que je devienne, sachant que je suis pas un mec ?

C'est quoi ce mariage ? Je sais pertinemment que le combat se serait terminé pour moi. Je sais au fond de moi que je ne peux pas faire semblant d'être une autre. Je réfléchis tout en admettant que je ne suis plus un combattant de la Coalition. J'ai fait mon temps. Je suis un vétéran maintenant, une épouse interstellaire, une humaine qui a choisi de se marier au lieu de revenir sur Terre.

Que suis-je censée faire maintenant ? Que font les femmes mariées ? Suis-je censée attendre sagement que Nyko se réveille ? Il sera probablement excité à son réveil. Moi aussi. J'ai vachement envie de faire l'amour mais je n'ai que quelques heures à passer sur ce vaisseau, j'ai des choses à faire, des gens à voir. Les câlins et le dodo c'est terminé pour moi.

Une longue mission, une hémorragie cérébrale et un nouveau mari ? Je devrais être épuisée. Pas du tout. J'ai de l'énergie à revendre. Ça a toujours été le cas. On m'a placée dans un caisson ReGen. On a rechargé mes batteries à la vitesse grand V. Mais mon esprit tourne en boucle. J'arrive à faire le vide uniquement lorsque Nyko me baise. J'adorerais ne songer qu'à baiser mais ça va jusqu'à un certain point et il y a peu de chances que ce soit toujours le cas.

J'ai besoin de bouger, de sortir de cette chambre et de me dépenser—autrement qu'en baisant.

J'ai envie de dire au revoir à Seth et au reste de l'équipe. En tant que membre du service des Renseignements, j'ai combattu dans différentes unités, mais Seth et l'Unité 3, les mecs provenant de la Terre, ont toujours été comme une famille pour moi. Jusqu'à aujourd'hui. Je leur dois bien un au revoir ... et peut-être une dernière bonne branlée.

Entre bonheur et excitation, je me glisse doucement hors du lit et active d'une main le caisson S-Gen situé dans l'angle. J'attends que la lumière verte s'éteigne, ma nouvelle armure et mes sous-vêtements m'attendent sur la petite plateforme.

Je ne me lasserai jamais de la technologie embarquée à bord de ces cuirassés. La première fois qu'on m'a montré comment faire fonctionner un S-Gen à la caféteria, j'ai carrément demandé, « *Thé. Earl Grey. Chaud.* »

Ça a marché. J'en ai foutu partout. Le problème c'est que je déteste la bergamote, le thé était sans sucre ni lait. Non mais franchement. Je peux pas boire ça. Je l'ai pas pris et ai commandé un café à la place. Avec du lait, et du sucre. Un petit caprice de rien du tout. Je connais des mecs ayant des vices bien différents des miens.

Tout sourire, j'enfile mon pantalon et ma chemise noirs sur mon corps nu avant de revêtir mon armure.

« Où tu vas, femme ? » La voix grave de Nyko me fait sursauter et me donne le frisson. Mes tétons durcissent au son naturellement rauque de sa voix, même dénuée de la trace plus gutturale de la bête. Un Nyko endormi et détendu peut constituer une menace bien plus grande pour ma tranquillité d'esprit.

« A Hogan's Alley. La Patrouille 3 s'y trouve à cette heure-ci, ils doivent être en train de foutre le bordel.

Mon époux grommelle en se levant, il ne dit rien et ne me demande pas de rester. Je craignais qu'il devienne dingue et très autoritaire une fois que j'aurais enfilé les fameux bracelets.

— Tu veux aller là-bas ? » Il se dirige vers l'unité S-Gen, je salive en voyant son magnifique corps nu. Au fond de moi sommeille une pom-pom girl, si j'étais en tenue, ça donnerait « I L - E S T - A - M O I » en chantant à tue-tête. A moi, à moi, à moi !

S'il n'enfile pas son pantalon dans la seconde, je vais lui sauter dessus, mes plans tomberont à l'eau.

J'avale péniblement, lèche mes lèvres sèches. « Oui.

— Parfait. Allons-y.

— T'as pas besoin de m'accompagner, je réplique.

Autre grommellement.

— Si. Du moins pour aujourd'hui. Je dois être à tes côtés lorsque tu portes ces bracelets, l'expérience peut s'avérer extrêmement douloureuse. Il indique mes bras.

— Quoi ? » Je regarde le métal brillant qui encercle mes poignets. Je les voyais jusqu'alors comme des bracelets précieux, des bijoux. Plutôt comme une alliance à cinq mille carats que des menottes. Ils sont magnifiques, on dirait les bracelets de Wonder Woman, bien que je doute qu'ils tirent des rayons laser. Je tire dessus, mon cœur accélère. J'aime pas me sentir piégée. Emprisonnée.

Nyko pose ses mains sur moi et me calme. « Tout va bien. Tu pourras les enlever une fois sur Atlan. Mais d'ici là, tu dois les porter afin de te protéger de toi-même et des autres sur ce vaisseau.

— De qui ?

— De moi. »

C'est la seule explication qu'il me donne, je hausse les épaules et emboîte le pas à Nyko qui enfile son armure et ses bottes. Il est prêt avant moi, ça m'agace presque autant que de ne pas pouvoir ôter ces bracelets inamovibles.

« Et toi ? Tu peux enlever les tiens ? » C'est bien la preuve flagrante du côté autoritaire et arriéré de ces hommes préhistoriques, on ne peut pas enlever ces machins.

12

Megan

« Jamais.

Je vois son regard pénétrant et ce mot prononcé d'un ton ferme. Mon cœur s'arrête. Il ne les enlèvera *jamais* ?

— Jamais ?

Il prend mon visage dans sa grosse main.

— Pourquoi les enlever, Megan ? Ils sont la preuve de notre union, c'est la seule preuve que tu m'appartiens, que je t'appartiens. Ça calme et rassure ma bête que mon épouse soit bien réelle, qu'elle m'appartienne. Je me sens nu et seul sans eux. Un simple soldat qui attend la mort sur le champ de bataille. Sans eux, ma bête serait désespérée, risquerait de devenir agressive, le vide la rend brutale. La solitude est une maladie, la douleur m'envahirait, jusqu'à ce que je ne puisse plus distinguer mes amis de mes ennemis.

— Je croyais que la fièvre serait calmée puisqu'on ... hum, enfin, t'as compris.

— Puisque je t'ai possédée ?

Je hoche la tête.

— Oui, la fièvre est tombée mais ma bête peut devenir folle si t'es pas à côté de moi.

— Une bête qui aurait pété les plombs. » Je savais que la fièvre d'accouplement pouvait être mortelle et tuer un Atlan, mais j'ignorais que c'était également le cas s'il était séparé de son épouse. J'ignorais que c'était aussi intense. Je comprends maintenant pourquoi les Atlans mariés rejoignent leur femme pour vivre leur vie en tant que civils. Ils ne restent pas sur le terrain et ne rentrent pas chez eux au bout de six ou neuf mois.

« Si je ne m'étais pas marié, je serais mort, mais si on est séparés, par choix ou de force, je peux perdre le contrôle de ma bête. Quand tu mourras, femme, je mourrai avec toi. Il dépose un baiser doux et langoureux sur ma bouche, plein de tout un tas d'émotions que je ne sais pas encore analyser. Je t'ai peut-être sauvé la vie dans cette grotte, Megan. Mais là, c'est toi qui sauves la mienne. »

Je passe mes bras autour de son cou et l'attire contre moi. J'imaginais pas que ce grand gaillard fort qui n'a peur de rien serait aussi romantique. Mais Nyko est ainsi fait, je suis la seule à le savoir dans tout l'univers. C'est intime, bien plus intime qu'avoir sa bite en moi. C'est très personnel. Tangible.

C'est le Nyko que j'aime, une boule se forme dans ma gorge.

Je pourrais l'embrasser pendant des heures mais je

veux dire au revoir à Seth, je n'aurais pas d'autre possibilité de le faire, je recule et enfouis mon visage dans son cou, il m'enveloppe de son odeur. Sa chaleur est rassurante. Je n'ai pas envie d'analyser ce que je ressens, je veux simplement profiter de cet instant.

Nyko caresse mon dos tout doucement, comme si j'étais délicate et spéciale. « Nous avons une réunion très importante aujourd'hui.

Je recule et le regarde droit dans les yeux. Son regard bleu intense est concentré. Sérieux. J'ai des nœuds dans l'estomac. Quoi encore ?

— Avec qui ?

— Le Commandant Wulf.

— Pourquoi ? » Le Seigneur de guerre Wulf est le commandant élu de tout le groupe d'Atlans servant le bataillon. Je l'ai vu sur le champ de bataille—je l'ai entendu aboyer ses ordres à un kilomètre à la ronde—mais je ne l'ai jamais rencontré.

Nyko plaque son front contre le mien. « Le Commandant détient tous les fichiers d'Atlan. Il va nous montrer ce dont il dispose. Son sourire est contagieux. Aujourd'hui, tu vas choisir où tu veux habiter sur Atlan.

— Pardon ? Sous le choc, j'essaie de me dégager mais ses bras alors si tendres se muent en étaux. Qu'est-ce que tu racontes ? »

Oh, je sais. J'ai entendu dire que les seigneurs de guerre qui survivent à la guerre sont récompensés par des richesses, des terres, des titres honorifiques. On dirait ces vieilles histoires d'autrefois que ma mère me racontait, dans lesquelles des ducs et de grandes dames vivaient dans de grands châteaux avec des carrosses et des domestiques. J'ai jamais su si c'était vrai ou faux, apparemment c'est vrai.

« Ça fait longtemps que je fais la guerre, Megan. Mon peuple va me récompenser en me donnant des richesses et des terres. Je prendrai soin de toi. Je te le promets.

Je n'ai aucune inquiétude à ce sujet. Je pourrais très bien survivre dans les bois avec un couteau s'il le fallait. Mais cette récompense est celle de Nyko, ce n'est pas la mienne.

— Pourquoi tu me dis que je vais choisir où je vais habiter ?

— Pour notre maison. Il m'embrasse et me serre dans ses bras pour que je comprenne. Je me fiche de là où on va vivre. Mais il paraît que les femmes préfèrent choisir la maison où elles élèveront leurs enfants.

— Des enfants ? » Je pousse un cri perçant. Oh bon sang. Pour moi, les enfants sont une notion complètement abstraite—un jour peut-être.

Il me regarde un peu trop intensément, je détourne le regard et contemple sa poitrine.

« Je ne connais rien à la planète Atlan. Je risque de me tromper de ville ou de climat. Je ne connais pas ta famille, ni d'où tu viens.

Nyko prend mon visage dans ses mains et fait en sorte que je le regarde. Nos regards se croisent.

— C'est toi ma famille. Je n'en ai pas d'autre.

— T'en as pas ? Il est orphelin ? Et tes amis ? Ou des cousins ? Un mentor ou un prof dont tu serais proche ?

— Non. »

Il détourne le regard à son tour, le répit est de courte durée. Il me regarde à nouveau, la solitude qui se lit dans ses yeux me donne envie de le prendre dans mes bras, de l'embrasser, de lui faire oublier cette conversation stupide. « J'ai personne, Megan. Mes amis, mes frères d'armes, sont presque tous morts ou combattent à bord du Cuirassé. Je n'ai pas de famille, mes parents sont morts il y a longtemps. Mon père s'est marié à un certain âge, ma mère était seule au monde, il l'a rencontrée via un club de rencontres sur Atlan. Je n'ai plus personne Megan. Je n'ai que toi. Tu es ma seule famille. Tu comprends ? »

Je hoche la tête, j'ai du mal à retenir mes larmes. J'ai jamais pleuré à ce point. Je n'ai pas du tout la larme facile. Surtout pas pour des histoires de famille. J'ai grandi avec mon père et ma mère, jusqu'à ce que la chance tourne. Mes frères sont chiants au possible, on peut pas dire qu'on se saute au cou mais je sais que si j'avais le moindre problème, et bien qu'ils passent leur temps à jurer et se plaindre, je sais qu'ils pourraient tuer pour moi, et c'est réciproque. Mais Nyko est *à moi*, j'en prends pleinement conscience à cet instant précis.

Je me hisse sur la pointe des pieds et l'embrasse tendrement, j'y mets tout mon amour, j'espère qu'il le sent. « Ok. Si je peux choisir ce que je veux, je veux une grande maison avec huit chambres, un cuisinier et une femme de ménage, j'aime pas faire les salles de bain. Un jardin avec des arbres tellement grands que je pourrais pas voir la cime. J'aimerais que ça ressemble à une forêt, avec des fleurs, des vignes, des tas de plantes, qu'on voit même plus le sol. Et au centre, je voudrais une jolie fontaine avec des bancs autour pour m'amuser à attraper des insectes et jouer avec les enfants.

— Tu auras tout ça, femme. Il en fait le serment, je n'ai pas d'inquiétude à avoir sur ce point.

Je le lâche, recule et termine d'attacher mon armure.

— Ok. On ira choisir les meubles pour la maison plus tard. J'aimerais dire au revoir à mes collègues.

— Parfait. » Nyko me regarde me préparer. Une fois que j'ai terminé, il me relève et me plaque au mur. J'enroule mes jambes autour de sa taille bien que je sois en armure. « J'ai encore envie de toi. Tu es parfaite. Trop belle. Je ne pense à rien hormis te pénétrer, lécher ta chatte et te faire hurler de plaisir. » Il m'embrasse sauvagement, je mouille, j'ai envie de lui, j'ai presque envie de rester là. Je recule, ivre de bonheur. C'est la première fois que je m'entends émettre ce bruit guttural.

— Tu sais comment me parler, la bête.

— Les actes valent mieux que des paroles. » Il ondule des hanches, presse son énorme sexe en érection contre mes cuisses, je pousse un gémissement.

Bon sang, il me fait perdre tous mes moyens, me transforme en animal sauvage avec son seul baiser. Je vais peut-être me métamorphoser en bête à mon tour.

Je ne peux m'empêcher de sourire, je dénoue mes jambes de sa taille. Avec réticence, sans se presser, il me pose au sol. « Plus tard. Promis. Je vais devenir folle si je reste là. J'ai besoin de me dépenser. J'ai envie d'en découdre une dernière fois.

— Tant que c'est pas avec la Ruche, ma bête restera calme. Et moi aussi. »

Nous prenons nos casques, Nyko me suit dans les étages au niveau des salles d'entraînement. Je ne les avais pas remarquées la dernière fois, je ne m'étais jamais rendue dans les quartiers d'habitation réservés aux Atlans de la Coalition auparavant, les couloirs sont immenses. Adaptés aux bêtes. Deux fois plus larges que ceux réservés aux humains, avec des plafonds hauts de plusieurs mètres.

Je me sens petite en suivant mon mari dans ces énormes corridors, je ne me suis jamais sentie petite. C'est un sentiment nouveau, je suis pas vraiment sûre d'apprécier, je déteste me sentir en infériorité et douter. Peu importe. Je suis comme ça. Je refoule mes pensées et suit Nyko au niveau des salles d'entraînement. Seth et son unité au grand complet sont à coup sûr en train de faire leur course à pieds. Sur Terre, Hogan's Alley se serait appelé un « camp d'entraînement ». Un mélange de racaille et de citoyens lambda. Faut se décider vite, quand tirer, quand ne pas tirer. Cela comprend des pièges, des sauts d'obstacle qui constituent autant de tests pour les soldats, des attaques surviennent de toutes parts. C'est devenu un jeu. Un challenge différent tous les mois, ça se joue par équipe de deux, ce qui veut dire qu'on doit apprendre à compter sur quelqu'un d'autre, nos soldats apprennent la notion de confiance. Tout est enregistré, noté, et vient s'ajouter à nos états de service.

Seth Mills, Capitaine et commandant de la Patrouille d'Eclaireurs 3, est mon ami et coéquipier habituel. Il me sourit en me voyant et écarquille les yeux en apercevant l'Atlan qui m'accompagne.

« Simmons.

— Mills. »

Seth comprend d'un coup d'un seul, s'appesantit sur mes bracelets qui dépassent de ma chemise sous mon armure, le Capitaine Mills remarque toujours tout, je sais qu'il les a vus lorsqu'il hausse les sourcils, visiblement surpris. Nyko a retroussé ses manches, impossible de passer à côté des bracelets métalliques étincelants. Il ne cache pas le fait qu'on soit mariés, il est fier que tout le monde les voie. Je fonds encore un peu plus. « ... *la preuve flagrante que tu nous sommes mariés.* »

Je réalise qu'il est à moi. L'amour. Ça me percute comme un train lancé à grande vitesse, j'étais pas prête. Je l'avais déjà ressenti dans la grotte mais il n'était pas vraiment à moi. J'avais enfoui mes émotions parce que je savais qu'il ne serait jamais à moi. Jamais. J'ai été recrutée par le Programme des Epouses alors que lui n'avait pas encore passé le test. Mais maintenant ...

Le reste de l'unité pousse des cris de joie tandis que les autres terminent leur challenge. Je me penche et lis le temps final par-dessus l'épaule de Seth. C'est bon. Vachement bon même. « Cinq à trois. » Ces connards ont pris notre place à Seth et à moi tout en haut du classement. De quatre belles secondes. Je fais la tête, j'attends que l'écran soit mis à jour et serre les dents en voyant que mon nom et celui de Seth s'affichent à la deuxième place.

Seth a un sourire jusqu'aux oreilles. « Ça te dit d'écraser leur ego ?

— C'est une question ?

Evidemment. La première place au classement me revient de droit.

— Alors, oui ou non ? Une lueur espiègle brille dans ses yeux. Toi et moi une dernière fois.

Nyko pose sa main sur mon épaule et secoue la tête.

— C'est moi qui vais t'affronter au tir Capitaine Mills. Si je gagne, c'est *moi* qui couche avec Megan, pas toi.

Mon ami regarde mon mari et secoue la tête, comme s'il mesurait l'enjeu de la compétition.

— Ecoute, Nyko, c'est pas parce que ma sœur, Sarah, a épousé un de tes amis que je vais te laisser gagner.

Nyko sourit d'un air effrayant.

— Toi et moi, Capitaine. Si je te bats, Megan est à moi.

— Prétentieux en plus ?

Nyko me jette un regard torride, j'y lis son air suffisant et possessif.

—Concernant Megan ? Absolument.

Je réprime un rire en feignant de tousser. Le terme « prétentieux » utilisé par Nyko n'a rien à voir avec le challenge, mais avec ...

Seth acquiesce :

— Marché conclu.

Je regarde les deux hommes et m'attarde sur Seth.

— Ta sœur a épousé un Atlan ?

— Ouais, le seigneur de guerre Dax. Un gros fils de pute mais un bon gars. Il m'a sauvé de la Ruche. Elle vit sur Atlan maintenant, dans un putain de château de conte de fées, elle met des robes roses et tout le bastringue. »

J'ai un mouvement de recul. « Ça te pose problème les robes roses ? »

C'est pas vraiment mon style, mais les femmes ont le choix, elles n'ont pas à devoir subir des règles.

« Elle était comme toi. Avant de rencontrer Dax, elle commandait la Patrouille de Reconnaissance 7. »

Je reste bouchée et regarde Seth sous un autre angle. En tant qu'une des rares femmes combattantes à bord de ce cuirassé, j'ai récemment entendu parler d'elle, c'était l'une des rares femmes à bord, avant. « Sarah Mills est ta sœur ?

— Ouais. Elle est aussi chiante que toi. Seth vérifie son arme d'entraînement fixée à sa cuisse et fixe fièrement Nyko. T'es prêt, seigneur de guerre ? C'est parti. »

Nyko roule des mécaniques tandis que j'intègre cette nouvelle donnée. Le Capitaine Sarah Mills ? Cette tarée de Terrienne qui avait effectué une mission de sauvetage non autorisée —et suicidaire—sur le territoire de la Ruche ? Ce n'était pas un coup de folie. Elle devait récupérer son frère. Son nouveau mari, une bête semblable à celle de Nyko, l'avait accompagnée.

Nyko va pour me dépasser mais je l'arrête en posant ma main sur sa poitrine. Je suis la seule à pouvoir l'arrêter d'un simple geste. Il est bien trop fort pour que quiconque l'arrête s'il ne l'a pas expressément décidé. « On peut savoir ce que tu fais ?

— Tu tires mieux que lui il me semble ? Je mets un moment à comprendre sa question, une chaleur m'envahit au tréfonds de moi-même.

— Comment tu le sais ? Nyko fait une drôle de tête. Combien de fois on est partis en mission ensemble, femme ?

- J'en sais rien.

— Sept.
Comment il le sait ?

Je suis perplexe.

— Et ?

— Et alors, je suis attentif. Nyko arbore un sourire carnassier. Du moins avec toi. Il m'embrasse tendrement devant tout le monde. Je vais gagner. Je suis plus rapide que lui, je veux pas voir son putain de nom à côté du tien sur ce putain de tableau. »Je lui rends son baiser. Je suis pas attirée par les mecs dominateurs, possessifs et jaloux qui marquent leur territoire. Mais cette fois-ci, c'est moi qui délimite le mien. J'ai l'esprit de compétition et suis tout excitée à l'idée d'afficher mon nom tout en haut du tableau. Voir le nom de Nyko collé au mien bien après notre départ du *Karter*, une trace de notre passage, une preuve qu'on n'est pas simplement unis au lit, mais également au combat.

Nyko bat Seth de cinq bonnes secondes en individuel, j'exulte et lui fais un énorme bisou devant tout le monde. Encore. En mode bête, son baiser est torride, humide, plus adapté à être échangé dans une chambre à coucher, ils écarquillent tous les yeux et attendent que Nyko et moi nous affrontions.

Seth serre la main de Nyko et me regarde timidement. « On faisait une bonne équipe toi et moi. Mais t'es mariée maintenant.

Ouais, le combat c'est terminé pour moi. Seth et moi ne faisons plus équipe. Nyko est mon nouveau partenaire, et pas qu'au lit.

— Prêts ? » Seth lève sa main tandis que Nyko et moi mettons nos casques et franchissons la porte de la salle d'entraînement. J'échange le mien contre un casque classique. J'ai pas envie que le poids de mon casque spécial me ralentisse. J'ai pas besoin des champs magnétiques à bord du cuirassé. « Trois. Deux. Un. Partez ! »

On court, on esquive, on plonge, on tire comme des dingues. Mon cœur bat si fort que j'ai du mal à entendre ses battements dans mes oreilles. J'ai le souffle court, mes muscles me brûlent, ma tête martèle, je m'approche de mon mec. Cette poussée d'adrénaline est divine, ça fait longtemps que je m'étais pas autant amusée. Nyko est plus rapide qu'il n'y paraît, et fort. On finit par remporter la palme du classement.

« Quatre-cent cinquante et un. J'enlève mon casque, le laisse tomber par terre et lève le poing en l'air, j'ai raflé la place de Seth. Impossible de battre ce putain de score.

Il sourit en guise de défaite.

- Bon sang, Nyko. Personne ne sera en mesure d'égaler ce score avant des années. »

Seth n'a pas l'air vexé, il est simplement résigné.

Nyko retire son propre casque et me décoche un large sourire, ses yeux bleus brillent d'une aisance toute naturelle que je ne lui ai jamais vue jusqu'alors. Il s'amuse bien lui aussi.

« Mon nom figure à côté de Megan sur ta liste. Elle est à moi.

Seth me regarde en rigolant :

— Je présume, vu tes bracelets, que tu vas t'en aller ?

— Ouais. Je cligne doucement des yeux. Seth est troublé.

— Je suis arrivée au terme de mes deux années de service. T'étais au courant.

— Oui, mais j'avais pas prévu que tu te maries sitôt démobilisée.

— Ouais, mais pourquoi attendre ? La vie est courte. »

J'ai de nouveau la migraine. Le toubib a dit que ça irait mais tout d'un coup, ça va plus. L'adrénaline chute, y'a un problème. C'était pas une si bonne idée que ça au final, j'ai toujours ces trucs de la Ruche dans le crâne.

« Je suis heureux pour vous. Vous partez quand ?

— Dans quelques heures. » J'aimerais pouvoir lui répondre « tout de suite » mais j'ai vraiment, mais alors vraiment besoin qu'on m'extirpe cet implant comme on me l'a promis. Comme si c'était fait exprès, l'implant bourdonne dans ma tête, la douleur irradie dans mon crâne comme si on me plantait un couteau chauffé à blanc.

Seth me tend la main. Je l'ignore et lui donne l'accolade malgré le grognement de Nyko.

« Prends soin de toi, Seth.

— Promis. Il me tapote l'épaule et recule. Va voir ma sœur quand tu seras sur Atlan. Vous allez bien vous entendre toutes les deux. Essayez de rendre ces grands gaillards un peu moins cons.

— Promis. Elle a l'air sympa. » Je le ferai, si j'arrive sur Atlan bien sûr. Mon hémorragie cérébrale a repris, je sens ma tension augmenter. Je ne suis pas restée assez longtemps dans le caisson ReGen, pas autant que le docteur l'aurait souhaité. J'ai merdé et merdé encore plus avec cette simulation. Ouais, ça m'a pas aidé. Les visages qui m'entourent sont nimbés d'auras, j'ai des problèmes de vue. Je recule et laisse Nyko passer son bras autour de ma taille, il marque son territoire. J'ai pas envie de le rendre jaloux. J'aime pas jouer à ce petit jeu. Mais Seth est mon ami, il se pourrait bien que je ne le revois jamais. J'ai tout à fait le droit de le prendre dans mes bras si tel est mon bon plaisir.

Je vacille et percute mon mari, ce truc commence à vrombir dans mes oreilles. C'est trop intense. J'arrive pas à lutter. « Nyko ?

Il décèle qu'un truc cloche dans ma voix et me prend immédiatement dans ses bras.

—Megan ?

J'ai plus l'énergie de résister, j'ai pas envie d'ailleurs. Je veux que Nyko s'occupe de moi.

— Ma tête.

Seth s'approche.

— Putain qu'est-ce qui lui arrive ? Je l'entends commuter son neuro-processeur et activer la communication. On a une urgence. Salle d'Entraînement Niveau Deux.

— Ici le docteur Mersan. Parlez.

Nyko marmonne d'une voix sourde.

— Megan Simmons est en route vers le Dispensaire Trois.

— Bien reçu.

Je ferme les yeux et me blottis contre Nyko, croyant la conversation terminée, mais la voix du docteur Mersan résonne telle une menace.

— Nyko ?

— Oui ?

— Faites vite. »

13

*N*yko

Megan s'est évanouie. Elle ne bouge plus. Elle paraît toute petite et sans défense, elle est allongée sur la table d'examen, je suis impuissant.

Cette impuissance rend ma bête folle. Elle fait les cent pas, piétine, elle aimerait arracher la tête de ce docteur qui ne la soigne pas sur le champ.

« Qu'est-ce qu'elle a ? Je gronde.

Le docteur passe une autre baguette sur sa tête et vérifie le résultat.

— Vous le savez très bien. »

Oui je sais. Une hémorragie. Comme si ses larmes de sang n'étaient pas une preuve suffisante. Grâce à dieu je porte les bracelets. Sans leur influence apaisante, je casserais tout ce qui se trouve ici—ainsi que ce docteur qui ne réagit pas.

« Arrêtez l'hémorragie.

— Je crains que ce ne soit pas aussi simple. » Le docteur fait signe à l'une de ses assistantes. La jeune femme se place à côté de Megan et passe la baguette ReGen sur sa tête, c'est exactement ce qu'ils font depuis dix minutes. Rien ne se produit. La baguette ne change pas de couleur pour indiquer qu'elle est guérie. Rien ne se passe, elle fait une crise grave.

Je sens mes épaules changer de forme, la bête menace de refaire surface, elle ne peut pas aider notre partenaire. Je la remballe brutalement. « Vous m'avez dit qu'elle allait bien. Qu'elle pouvait vaquer à ses occupations habituelles. Baiser, jouer, et s'entraîner comme une folle. Docteur ?

Il scanne son ventre. Entre d'autres données sur sa tablette. Se dirige vers sa tête. Soulève une paupière. L'abaisse. Soulève l'autre.

— Docteur ? » Je répète, assez fort cette fois pour que les gens se retournent.

Il me dépasse et je lui saute à la gorge avant qu'il ne puisse réagir. Il est grand, c'était jadis un guerrier Prillon, je vais lui arracher la tête s'il n'arrête pas de tripoter ses putains de données et s'il n'aide pas Megan. « C'est ma *femme* qui est sur votre table. Et je suis pas du genre patient.

Il arque un sourcil et ôte ma main de sa gorge en guise de réponse.

— Calmez-vous. J'ai contacté le docteur Helion. Il vous rejoint au terminal de téléportation du secteur 523. Il va retirer l'implant et placer le Capitaine Simmons dans un caisson ReGen.

— Mettez-la dans un caisson ici. Tout de suite.

Ce mec est idiot ou quoi ? Elle fait une hémorragie. Pourquoi la transporter ailleurs ?

Le docteur Mersan secoue la tête, je décèle de l'inquiétude dans son regard sombre.

— On essaie d'enrayer l'hémorragie avec la baguette ReGen, les caissons sont plus lents, ils sont destinés à soigner des blessures bien plus profondes, l'implant se réactive toutes les deux à trois minutes.

Je comprends rien à rien :

— Comment ça ? Ça lui fait quoi exactement ?

— Ça veut dire qu'on n'arrive pas à arrêter l'hémorragie. L'implant détruit les tissus sitôt guéris. Le docteur Mersan passe à côté de moi, pose sa main sur mon épaule, m'offre son soutien, ses condoléances. Si l'implant n'est pas retiré dans les prochaines heures, son cerveau sera irrémédiablement détruit. Ça la tuera.

La communication s'établit, la voix du Commandant Karter résonne dans l'interphone.

— Docteur, ici Karter. Le docteur Helion est ici. Transportez-la direct au bloc.

— Bien reçu. On arrive. »

Le docteur demande à plusieurs internes de l'aider, ils essaient de soulever Megan de la table pour la placer sur la plateforme de transport à l'autre bout de la pièce, je les écarte et la prends dans mes bras. Moi et moi seul vais la porter, il est hors de question que je reste les bras ballants.

Je me dirige vers la plateforme de téléportation et affronte le docteur. « Allez-y.

— Seigneur de guerre, je crains que le docteur Helion n'autorise qu'une seule personne. »

Ma bête gronde, je sens mon visage se transformer. S'ils croient que je vais les autoriser à traverser la galaxie avec Megan dans cet état, ils se mettent le doigt dans l'œil jusqu'à l'omoplate. Il est de mon devoir de la protéger. « Elle porte mes bracelets. Téléportez-nous. »

Inutile d'en dire plus. Il sait, qu'en tant qu'époux, je ne tolèrerai pas qu'on nous sépare. Il connait la douleur infligée par les bracelets en cas d'éloignement. Une fois encore, je suis bien aise de ressentir ce métal lourd à mes poignets, ce métal qui me lie à Megan.

Le docteur soupire mais parle de façon à ce que le Commandant entende. « Téléportation de deux personnes dans trois ... deux ... un. »

Je n'entends plus rien hormis la douleur insidieuse qui s'empare de moi tandis que nous nous téléportons en un lieu inconnu, vers un homme qui je l'espère, pourra sauver ma femme.

Nyko

Le terminal de téléportation est petit, plus petit que le terminal-relais sur Latiri 4. La sensation de traction faiblit, je titube le temps de reprendre mes esprits. Megan est blottie contre ma poitrine, les yeux fermés, inconsciente, on dirait qu'elle souffre.

« Je vais la prendre, Seigneur de guerre. » Un grand guerrier Prillon vêtu de vert s'approche de nous. Sa peau est couleur bronze, ses cheveux cuivrés, il a les yeux foncés comme Megan. Je présume qu'il descend d'une ancienne famille, une famille renommée. Il est probablement riche et puissant, il a l'habitude d'obtenir ce qu'il veut. Il ne porte pas l'uniforme médical ordinaire mais une vraie armure comme la mienne, renforcée, résistante aux rayons laser. L'homme tend les bras comme si ma femme était un simple colis.

« Elle est à moi.

Je ne dis pas un mot de plus, j'attends sa réaction.

— Parfait. Mais elle n'en a plus pour longtemps si je ne l'amène pas au bloc. »

Je ne peux pas m'empêcher de grogner. Ce Prillon est sans aucun doute le docteur qui lui a planté ce putain de truc dans le crâne. Il est responsable de sa douleur.

On se dévisage l'espace de quelques secondes, mon regard est planté sur celui de ce guerrier Prillon impitoyable n'éprouvant aucun remords. Il peut la sauver, moi pas. Si je veux que Megan vive, je dois la lui confier. Mais pas ici. Pas maintenant. « Transportez-nous au dispensaire.

— Je crains que ce ne soit impossible, Seigneur de guerre. Le centre du service des Renseignements est situé dans une zone ultra-sécurisée. Je n'ai pas le droit de faire entrer des personnes non autorisées.

C'est. Quoi. Ce. Bordel ? Je recule et serre Megan encore plus étroitement contre moi.

—Allez-vous faire foutre avec vos protocoles, Helion. Je ne la quitterai pas. C'est ma femme.

— Vous savez qui je suis ? Il hausse ses sourcils cuivrés.

— Oui, je lui décoche un regard menaçant au possible. J'étais avec elle dans la grotte lorsque le Nexus 9 a failli la tuer. J'ai arraché la tête de ces deux bâtards bleus à mains nues. Je l'ai aidée à arracher les tendons de cette merde de *chose* de la colonne du Nexus une fois mort. On va pas ergoter sur vos soi-disant informations confidentielles alors qu'elle est en train de crever. Transportez-nous sur le champ.

Le docteur Helion regarde mes bracelets, les siens... et soupire.

— Fichus Atlans. »

Il grimace, hoche la tête, et monte avec nous sur la plateforme. En dessous, un simple officier est aux commandes. C'est un humain, comme Megan, même couleur de peau en plus foncé. Ses yeux sont presque noirs. Il est grand pour un humain, ses cheveux noirs sont coupés ras. Le terminal entrerait entièrement dans mes appartements privés à bord du *Karter*. On est à peine quatre mais on se sent serrés. « Téléporte-nous, Tomar. »

Le guerrier hoche la tête, ses mains effleurent les commandes, les secondes défilent mais rien ne se passe.

Megan gémit dans mes bras, s'agite, elle a mal. J'essaie de la calmer tandis que le docteur s'adresse à l'homme.

« Quel est le problème ?

— On est bloqués, monsieur. Tomar vérifie son pupitre de commandes. Putain de merde. C'est la Ruche. Ils nous ont trouvés. »

Le hurlement de Megan emplit la pièce, résonne tel

une explosion, tandis qu'un éclair lumineux m'aveugle. Trois soldats de la Ruche se sont téléportés à l'intérieur de la pièce.

Je finis par remettre Megan au docteur, le plus doucement possible. J'ai pas le temps d'assurer sa sécurité. Le petit humain aux commandes a dégainé son pistolet laser mais il ne tiendra pas une seule minute avec ces trois meurtriers de la Ruche qui foncent sur lui.

Ma bête rugit, elle attire l'attention de l'ennemi.

Je sais parfaitement ce qu'ils essaient de faire, ils veulent détruire le pupitre de commandes et faire en sorte que Megan reste bloquée ici. Ils veulent la capturer. *La prendre.*

Je me rue sur les soldats, je fonce sur le premier tel un poing géant. Je surveille Tomar du coin de l'œil, il s'active aux commandes. Je sais instantanément à quel moment Megan est partie avec Helion au service des Renseignements, je sais qu'elle y sera en sûreté —du moins, hors d'atteinte de ces salopards de la Ruche. Mes bracelets m'envoient une décharge électrique douloureuse, tout mon organisme ressent le choc de notre séparation. Mais ma bête est bien trop enragée pour s'en soucier, ou pour l'arrêter. Ces créatures constituent une menace pour ma femme. Ils sont venus la chercher. Ils ne l'auront pas, ils périront de mes mains.

Je déchiquette un soldat de la Ruche en deux, le sang qui gicle aveugle le second. Tomar l'attaque en lui tirant dessus avec son pistolet laser tandis que j'écartèle le troisième et l'envoie valdinguer dans un craquement et un fracas de métal contre le mur.

J'espère bien avoir entendu le bruit d'un crâne de la Ruche se fracasser en deux.

Tomar a mis hors d'état de nuire le reste de la Ruche, mais je connais ce type de soldats. Ils sont forts et plus endurants qu'ils en ont l'air. Leurs corps ne paraissent plus intacts mais ce n'est qu'une impression, ils peuvent se remettre sur pieds en une poignée de secondes.

« Seigneur de guerre ! » Tomar se précipite vers moi tandis qu'une alarme retentit, le son assourdissant fait grimper mon adrénaline.

Je suis l'humain sur la plateforme de transport, impossible d'ignorer ses gestes saccadés.

« Vite. On se téléporte dans dix secondes.

Ma bête gronde, se poste en guise de protection auprès du Terrien.

— Parfait. »

Il sourit, ses dents blanches étincelantes contrastent avec sa peau brune. Il me rappelle les guerriers à la peau sombre d'anciennes familles Prillon. Tomar tire avec son pistolet laser sur un corps inconscient de la Ruche tout près de nous afin de s'assurer que ce connard ne puisse rien tenter. « Ouais, parfait. Tout va péter dans quinze secondes. »

J'écoute pas ce qu'il vient de dire, je suis trop occupé avec un soldat de la Ruche. Il essaie de rester près du mur, je l'y plaque comme une vulgaire ordure. Il se remet sur pied, se tourne et me met en joue mais la douleur sourde, glaciale et spatiale nous éloigne l'un de l'autre avant qu'il ne puisse tirer.

Nous sortons de notre terminal de téléportation, je m'attendais à voir les environs méconnus de la base secrète du docteur Helion. Au lieu de ça, je suis accueilli par le regard choqué du docteur Mersan et de deux internes du Dispensaire Trois.

Ma bête gronde face au petit humain. « *Karter* ? On est de retour sur le *Cuirassé Karter* ? »

L'homme hausse les épaules. « Les coordonnées étaient déjà programmées dans le système. J'ai pas eu le o.k. pour atterrir au service des Renseignements. »

Je. Vais. Le. Tuer. Les bracelets me font mal, la douleur est bien plus intense une fois le combat terminé. Mais ça ne suffit pas à me calmer. « Où ? Femme ? »

Le docteur Mersan s'approche tandis que l'humain recule. C'est peut-être un allié, quelqu'un à qui je peux faire confiance. Ou pas. Ma bête s'en désintéresse rapidement mais contraint l'homme à m'amener auprès de Megan.

« Transport. Maintenant ! Mon hurlement aurait normalement dû effrayer ce connard mais il reste planté là à me regarder et secoue la tête.

— Non, je ne peux pas. Désolé. Vous devez avoir l'autorisation de votre Commandant. »

Je m'avance vers lui, je suis à deux doigts de lui arracher la tête. Je ne peux pas le tuer—c'est le seul à savoir où le docteur Prillon a amené ma femme—mais je pourrais lui faire mal. Le forcer à parler.

Le docteur Mersan s'interpose entre nous.

« Que s'est-il passé ? demande le docteur à Tomar.

— L'implant du capitaine a attiré tout un escadron de soldats de la Ruche. Ils se sont téléportés droit sur nous. Cette bête les a combattus pendant que je téléportais

Helion et le Capitaine Simmons. J'ai activé l'autodestruction et nous sommes arrivés ici.

Le grondement de ma bête remplit la pièce, le docteur Mersan me maudit moi, Helion, la Ruche, tout le monde.

— Sortez tous d'ici ! »

Les officiers les moins gradés se dépêchent de sortir, je me retrouve avec le docteur et le traître qui a emmené ma femme. J'ai les poings serrés, je ne le quitte pas des yeux, ma bête, avec son instinct primaire, aimerait lui arracher la tête.

Mais ça ne me rendra pas Megan.

Les bracelets me provoquent une douleur continuelle, la douleur s'accentue, je dois à tout prix rester maître de moi. J'espère que cet idiot d'Helion a eu la présence d'esprit d'enlever ses bracelets à Megan. Sinon, elle va souffrir elle aussi. Comme si ma superbe femme ne souffrait pas déjà assez ...

Ma bête enrage.

Finalement, arracher la tête de cet idiot ne serait pas une mauvaise idée.

Mersan me regarde ainsi que Tomar. « Fichez le camp d'ici. »

Tomar salue, en plaçant sa main d'une drôle de façon sur son front, et sort de la pièce. J'étais prêt à le suivre mais le docteur a visiblement envie d'en finir, il se met en plein milieu de mon passage. « Maîtrisez votre putain de bête, rendez-vous dans le bureau du Commandant dans douze heures.

— Non.

Il me regarde d'un air perplexe, les bras croisés.

— O.k. Supposons que le docteur Helion soit avec Megan, elle doit être au bloc à l'heure qu'il est. L'intervention va durer plusieurs heures, elle devra ensuite passer un certain temps dans le caisson ReGen. Vous ne pouvez pas aller la voir maintenant, et ce, quelle que soit la planète sur laquelle vous seriez. Alors calmez-vous putain de merde. On s'occupe d'elle. On va aller parler au Commandant et faire en sorte que vous puissiez quitter ce vaisseau. Vous devez informer le Seigneur de guerre Wulf de votre retour, je suis persuadé que Megan aimerait avoir ses effets personnels sur Atlan. Vous *emmenez* bien votre nouvelle épouse sur Atlan ? »

Je grommelle mon approbation, pas parce que j'ai pas envie de parler, mais parce que je ne peux pas. C'est logique. Mais ma bête ne l'entend pas de cette oreille. On veut notre femme.

La bête régresse, je sens mon corps rapetisser. J'ai à nouveau les idées claires, la douleur constante provoquée par les bracelets me rassérène. La douleur me permet de me concentrer. « J'aimerais me rendre dans ses appartements privés. »

Le docteur prend une profonde inspiration, apparemment soulagé que je me sois à nouveau métamorphosé en homme, capable d'articuler et d'effectuer des phrases complètes. « Le Capitaine Mills va vous y conduire. Vous pouvez prendre ses affaires, les vôtres, et les amener au Terminal de téléportation numéro cinq. C'est le seul à bord de ce vaisseau capable de vous ramener sur Atlan.

—Je sais. » Tous les Atlans le savent. Mais je viens de m'apercevoir qu'il y a quelque chose que j'ignore. Où habite Megan. Je ne sais pas si elle dort habillée en tenue de la Coalition ou toute nue, comme moi. J'ignore à quoi ressemble sa famille, son passé. Est-ce qu'elle a des choses dans sa chambre auxquelles elle tient ? Des choses qu'elle prend dans ses mains et chérit profondément ? J'ignore tout de la planète Terre. On la dit magnifique, brillante, d'un beau bleu, et primitive—les humains sont trop sauvages pour être considérés comme des membres de la Coalition à part entière.

Ce ne sont pas les seuls. Un monde doit prouver que son peuple veut la paix avant de leur offrir les armes et la technologie utilisées par la flotte de la Coalition. Sinon, ces races barbares s'entretueraient.

Il est inutile de les sauver de la Ruche s'ils passent leur temps à s'entre-tuer.

Le sac à dos de Megan, le casque Nexus et ces trucs entortillés sont toujours à l'abri dans mes quartiers. Elle a refusé que le docteur Mersan les garde, il n'a pas ergoté, sachant qu'elle avait rendez-vous au service des Renseignements. Apparemment il est assigné ici, sur le *Karter*. Je n'ai pas encore bien compris son rôle au sein du service des Renseignements.

J'ai pas envie de le savoir. Je me fiche de ce qui se passe dans l'espace. Je me fiche de la Ruche, ou des futures batailles. C'est terminé pour moi. Ça fait des années que je combats. C'est terminé. J'ai tellement tué que je doute que je puisse un jour oublier l'odeur du sang de la Ruche. De jeunes guerriers volontaires seront bien contents de prendre ma place.

Des idiots comme moi, qui ont envie de prouver aux autres ce qu'ils valent, qui souhaitent devenir des Atlans riches et largement récompensés une fois de retour chez eux. C'est pas le cas de tout le monde, j'ai eu de la chance. Beaucoup de chance d'avoir trouvé une femme comme Megan. Je vais la ramener sur Atlan et lui montrer ses cadeaux, des robes, des bijoux—des armes—tout ce qu'elle voudra. Mais je dois d'abord la récupérer.

On va parler au Commandant Wulf. Il a épousé une terrienne via le Programme des Epouses. Il me montrera les terres et les maisons disponibles sur Atlan, celles qui sont destinées aux guerriers victorieux. Je n'ai qu'à choisir. Je serai riche à mon retour, j'aurai des terres et un titre, plus riche que je ne pourrai l'être en trois vies.

Mais ça ne m'intéresse pas sans elle. Je n'existe pas sans elle.

Le docteur convoque le Capitaine Mills, qui arrive heureusement en l'espace de quelques minutes, il me regarde, son sourire s'évanouit. « Putain qu'est-ce qui s'est passé mec ? Où est Megan ?

Le docteur Mersan continue de m'ignorer totalement.

— Emmenez-le dans les appartements privés du Capitaine Simmons afin qu'il récupère ses affaires.

Seth se fige, il devient blanc comme un linge.

— Elle est morte ?

Ma bête gronde mais le docteur répond :

— Elle est en salle d'opération. Enlevez-moi cette putain de bête d'ici avant que je perde patience. »

14

Nyko, Planète Atlan, Quinze heures plus tard

Il y a dix heures de ça, j'ai menacé de mort un officier du service des Renseignements.

J'ai survécu et je peux en témoigner. Si ma femme n'arrive pas saine et sauve sur Atlan comme promis, son compte est bon.

Debout dans le bureau du Commandant Karter, je dévisage le mystérieux docteur Helion par écran interposé, je suis en mode bête, ma voix rauque se mue en grognement. La bête sait que cet homme a pris notre femme, qu'elle a disparu à cause de lui. « Où est ma femme ?

Le docteur Prillon lève la main, paume en l'air, comme pour m'apaiser malgré la distance sidérale qui nous sépare.

— Elle va bien, Seigneur de guerre. Elle est sortie du

bloc. On a retiré l'implant, elle termine son processus de guérison dans le caisson ReGen. »

Le Commandant Karter tend le casque du Nexus 9 comportant toujours le fameux lien neurologique de la créature, je jurerai que le docteur Helion bande en le voyant. « Je présume que vous aimeriez recevoir ceci via transport spécial ?

Le docteur se penche comme s'il voulait toucher l'écran.

— Je vais vous faire parvenir les coordonnées.

— Non. Je m'interpose entre eux. Je veux d'abord voir Megan.

Le docteur soupire.

— Elle est dans un caisson ReGen. Je vous assure qu'elle va bien. On la téléportera directement dans votre nouvelle demeure sur Atlan dès qu'elle sera sur pieds. Il baisse les yeux, comme s'il lisait, et fixe de nouveau l'écran. Oui. J'ai les coordonnées du terminal de téléportation le plus proche. »

Ça parait impossible, vu que je viens à peine de choisir ma nouvelle maison, c'était il y a seulement quelques minutes lors de ma rencontre avec Wulf.

« Elle arrive quand ?

— Elle doit rester au moins huit heures dans le caisson. On n'a pas encore fait de débriefing. Disons douze heures. »

C'est long. Vachement trop long. J'ai besoin de ma femme. La douleur constante que provoquent les bracelets me tient en haleine mais ce n'est pas la colère qui me met en vrac, mais bien la douleur de ma bête. « Dix heures. Sinon, je viens vous régler votre compte. »

Je me fiche d'avoir à torturer du monde pour arriver jusqu'à lui. Son agent, l'humain Tomar, se trouve quelque part sur ce cuirassé. Des techniciens chargés des communications suivront son signal à la trace. Le Commandant Karter, le docteur Mersan, tout ce réseau d'agents des Renseignements est bien plus vaste que je ne l'imaginais. L'un deux finira bien par cafter.

Le docteur se met à rire mais je ne partage pas son amusement. Le Commandant Karter se place à côté de moi, tout sourire. Je ne saisis pas trop leur humour. « Voilà pourquoi je ne recrute pas d'Atlans.

— Très bien, Seigneur de guerre. Dix heures. Mais on aura certainement besoin de discuter avec elle à l'avenir.

- Rendez-nous visite quand vous voulez, mais ne l'amenez plus jamais nulle part sans moi. Plus jamais. »

Il ne prend pas la peine de répondre, se penche et met un terme à la conversation. Point final. Menacer un écran noir ne sert à rien.

Ça fait exactement dix heures et vingt minutes. J'ai dû attendre longuement au terminal de téléportation Atlan pour qu'un véhicule me ramène chez moi, le voyage a duré quelques minutes de plus que prévu.

Le véhicule automatisé se déplace à une vitesse fulgurante, m'arrache à mon ancienne vie pour me conduire dans la nouvelle. Je vois des immeubles et des gens me dépasser sans un regard. Je ne suis jamais allé dans cette ville, même quand j'étais gamin, j'y suis désormais chez moi. Lorsque ce voyage touchera à sa fin, j'aurai une maison, une femme, une vie dont je n'avais jamais rêvé jusqu'alors.

Pendant des années, mon seul et unique but était de tuer le plus d'ennemis possible. Servir la Flotte de la Coalition suffisait à ma vie. Je me sentais utile et désiré, même si mon rôle se confinait à me battre. L'idée de me marier était une notion abstraite. Durant toutes ces années, je n'avais pas imaginé à quoi ressemblerait ma femme, ni ma future maison. Je m'en fichais. Mes besoins étaient simples. Dormir, manger, bosser.

Et puis j'ai rencontré Megan. Ma vie a entièrement changé en l'espace de quelques jours. Je rêve de voir ma femme dans notre nouvelle maison, dans une vraie maison. Je me rappelle des demeures des autres seigneurs de guerre lorsque j'étais enfant, des guerriers qui les avaient reçues en cadeau de la part des Atlans pour les remercier de leurs bons et loyaux services. De grandes maisons, avec des terres. Ils étaient traités comme des rois partout où ils allaient. Les seigneurs de guerre célibataires sont très demandés, des femmes faisant partie de l'élite poursuivaient les familles des seigneurs de guerre de leurs assiduités.

Les cadeaux et les récompenses ne signifiaient rien à mes yeux avant de rencontrer Megan. Tout ce que les Atlans vont me donner lui appartient désormais, tout comme à moi. Je donnerai tout à cette femme, sans retenue aucune. Je me fiche du lieu où on vive, des honneurs et des titres que je recevrai. Elle est la seule chose qui m'importe. Je veux son bonheur. Je veux son amour. Un rêve sans doute impossible mais dont je meurs d'envie. Que Megan soit à moi pour de vrai, qu'elle partage ma vie, mon lit, arbore fièrement mes bracelets.

Il y a quelques heures de ça, elle me regardait dans les yeux et me parlait de ce qu'elle aimerait. Des arbres. Des fleurs. Une fontaine. Son regard était empli d'une tendresse que je ne lui avais jamais vue. Son baiser m'a bouleversé, ses lèvres douces sur les miennes m'ont ému, j'avais envie d'elle.

Ce baiser m'a fait espérer qu'elle m'aimait. C'est ma femme, la femme de ma vie selon les protocoles de recrutement des Epouses Interstellaires. Nos personnalités et nos intellects, nos désirs et nos envies sont en parfaite adéquation.

Une forte compatibilité n'est pas forcément gage d'amour. J'étais pourtant bien décidé à refuser toute marque d'affection, quelle qu'elle soit, son baiser a eu raison de moi. Je suis fou d'elle, elle me manque tellement que mes mains tremblent de désespoir au moindre battement de cœur.

Je souffre, je ressens une vraie douleur physique, elle me manque. Je m'inquiète pour sa sécurité. J'ai besoin d'elle. J'aime tout en elle, elle est naturellement courageuse et passionnée. Nous sommes faits l'un pour l'autre, j'ai besoin d'elle comme jamais. Ma bête se morfond, se désespère, se décourage, se blottit au fond de moi tel un animal blessé, je bride ses instincts. Elle aimerait pouvoir surgir, tout détruire sur son passage, éclater des têtes, traquer et tuer et rugir jusqu'à ce que Megan soit enfin avec nous.

Mais l'homme en moi sait pertinemment qu'agir ne mènerait à rien. Le service des Renseignements est puissant, c'est l'un des services les plus secrets et les plus puissants de toute la Flotte de la Coalition. S'ils ne me la rendent pas, je peux toujours enrager, les traquer, les tuer, ça ne me rendra pas ma femme. Elle doit trouver son chemin jusqu'à chez nous. Je vais devoir attendre. Ronger mon frein. Lutter contre la bête, ignorer sa douleur.

Mon dieu, quinze longues heures. Je compte la moindre seconde qui me sépare de Megan, pour enfin l'accueillir dans notre nouvelle demeure.

J'ai pris tout mon temps pour choisir dans le bureau du Seigneur de guerre Wulf. J'ai passé en revue tous les domaines et terres disponibles, afin de trouver la perle rare. J'ai contacté le Capitaine Mills pour lui demander où vivait sa sœur, Sarah, je pense que Megan appréciera la compagnie d'une autre terrienne. Il m'a dit qu'il y avait deux femmes, sa sœur et une autre, mariée au Seigneur de guerre Deek. Des amies. Ça devrait plaire à ma femme. Je ne veux rien pour moi. Mon seul but est que Megan soit heureuse ici avec moi et qu'elle ait des amies de sa planète.

Le véhicule que j'ai commandé au terminal de téléportation Atlan effectue une halte à la base d'une petite colline. Une énorme maison se trouve au sommet de cette colline, assez grande pour accueillir un bataillon entier de bêtes Atlannes. Megan a dit qu'elle voulait huit chambres. Cette demeure en compte dix-huit. J'espère que ça satisfera ses exigences. Je n'ai pas la moindre idée de pourquoi elle veut autant de chambres, la bête qui sommeille en moi espère qu'elles seront destinées à nos enfants.

Un autre cadeau qu'elle va me donner, un cadeau que je n'aurais jamais espéré recevoir un jour.

Je sors du véhicule et scrute les alentours, le véhicule s'arrête brièvement avant de faire monter à son bord un autre passager. Je ne porte rien hormis les vêtements que j'ai sur le dos. Tous nos effets ont été envoyés via transport spécial. J'ai pris tout ce qu'il y avait dans la chambre de Megan, je n'ai rien pris qui m'appartenait.

Je tire sur ma chemise marron, ça me fait tout drôle de porter une tenue de civil, le tissu est si léger et confortable que je me sens nu. Je contemple l'énorme propriété qui est désormais la mienne. Je suis ici chez moi. Megan ne va pas tarder à me rejoindre. On nous a donné quatre domestiques à temps plein pour nous aider à nous installer. Conformément à son souhait, Megan ne fera pas la cuisine ou le ménage. On m'a confié la mission d'entraîner les jeunes recrues Atlannes avant qu'elles ne partent à la guerre, afin de leur apprendre à essayer de rester en vie.

Megan va me rejoindre. J'ai demandé à l'Atlan chargé du recrutement dans cette région s'il pouvait se pencher sur ses états de service. Il a été fort impressionné, comme je l'imaginais. Les femmes Atlannes ne servent pas dans l'armée mais il s'avère que Megan est un stratège et une tireuse d'élite redoutable.

Si jamais elle s'ennuie, elle trouvera une centaine de choses à faire ici. Peu m'importe qu'elle reste à la maison à élever les enfants, braille ses ordres à de jeunes guerriers Atlan, ou cultive un potager hors sol à la ferme communale, tant qu'elle est à moi.

La guerre dont nous avons tant souffert est désormais

loin derrière nous, je peux enfin laisser libre cours à mon rêve et vivre le moment présent avec elle. Huit chambres, un jardin, des fleurs, des arbres si hauts qu'elle ne verra même pas le ciel.

Je regarde le vaste domaine, je souris en voyant les vignobles grimper sur le mur le plus proche, les vignes sont couvertes de magnifiques fleurs jaunes.

Megan va adorer ces fleurs.

Notre maison est superbe, tout en pierres, située dans une magnifique zone boisée au pied de la cité. Mais je m'en fiche. Je me fiche que ce soit la plus jolie propriété de la planète ou un taudis. Tout ce qui compte, c'est Megan.

Quinze heures. Je veux plus jamais être séparé d'elle aussi longtemps.

Je grimpe la colline et arrive devant la porte. Une femme avenante, une Atlanne d'un certain âge, s'approche. Elle porte des bracelets, je sais que son mari a probablement été embauché avec elle mais la maison paraît vide. Mes bracelets me font mal, Megan ne se trouve pas entre ces quatre murs. Je ne la sens pas, ma bête non plus.

« Soyez le bienvenu chez vous, Seigneur de guerre. Je m'appelle Berina. Mon mari, Pontar, est également à votre service. Il s'occupera des extérieurs, je me consacrerai à l'intérieur de cette magnifique demeure. Deux autres domestiques arrivent demain.

Je m'incline pour la remercier, j'essaie de me rappeler les bonnes manières. J'ai passé ces dernières années à décapiter des créatures de la Ruche, je n'ai plus l'habitude de discuter courtoisement avec des étrangers. « Merci, Berina. Bienvenue à vous. »

Elle rayonne de bonheur, elle prend mon bras et me guide dans la maison. Elle est splendide, bien décorée, avec de beaux meubles, de beaux tapis, des œuvres d'art aux murs. On dirait un palais. « Nous sommes heureux d'être ici, Seigneur de guerre. Très heureux. Il y avait plus de trois cents candidats prêts à servir votre famille. Mais nous sommes les meilleurs.

Trois cents ?

— Ça date de quelques heures à peine.

— Bien sûr. » Elle me sourit chaleureusement, d'un franc sourire qui accueillera les visiteurs et les enfants dans son royaume. Servir la famille d'un seigneur de guerre a toujours été considéré comme un honneur chez les citoyens Atlans. La plupart sont seulement intéressés par le statut social. Ils jouissent non seulement de l'opulence et de la notoriété de la famille dans laquelle ils sont mais sont bien traités, vivent dans le luxe, les plus dévoués bénéficient de la munificence des seigneurs de guerre sous forme de cadeaux et émoluments. La plupart passent le flambeau à leurs enfants qui prêtent allégeance et tissent des liens avec les familles des seigneurs de guerre au cours des générations. Il est rare qu'un orphelin comme moi accède à un tel statut. La plupart des seigneurs de guerre sont issus de familles de notables.

« Vous avez faim ? J'ai préparé un excellent repas pour votre épouse et vous-même.

— Non. » Je m'agite, en proie à l'inquiétude, mon attitude sombre contraste avec l'étincelle de joie qui brille dans les yeux de Berina. Megan se trouve encore avec le docteur Helion au quartier général du service des Renseignements ? Ils ne l'ont pas encore relâchée ? Je ne peux pas aller la chercher. Je suis coincé là, contraint d'attendre, à me demander comment ma femme a fini par servir dans les Renseignements avec les espions et les assassins, les guerriers fous qui acceptent des missions si dangereuses que personne n'ose les toucher.

« Ma femme ne va pas tarder. Je ferais peut-être mieux de l'attendre dehors, ça me permettra de faire les cent pas sans rien casser.

Je suis presque arrivé au niveau de la porte lorsque la voix de Berina m'arrête.

— Maîtresse Megan se trouve dans les jardins, Seigneur de guerre. Elle attend votre arrivée. »

Abasourdi, je me tourne vers l'immense baie vitrée à l'arrière de la maison. On aperçoit un terrain plein d'herbe, de fleurs des champs, d'arbres touffus, si hauts qu'on ne voit même pas le ciel. Megan est assise, seule, sur un ravissant banc en bois. Elle est assise, détendue, son visage est empreint de la sérénité la plus totale. Elle ferme les yeux, le soleil baigne sa peau, tel un baiser divin. Ses longs cheveux noirs sont détachés. Elle ne porte pas l'uniforme habituel de la Coalition. Je l'ai toujours vu avec son armure noire et marron, avec un chignon ou une tresse. Ou nue. Bon sang, je l'ai vue nue.

Mais ... on dirait un mirage. Elle porte un vêtement civil, tout comme moi. La robe traditionnelle Atlanne, le tissu bleu moule ses formes. Elle est en pleine forme, heureuse. Chez elle. En sécurité. Avec moi. Oui, pile comme je l'avais imaginé.

J'inspire profondément à plusieurs reprises. Une fois calmé, je vois cette vision de rêve devant moi. Ma bite se dresse, sa chaleur m'envahit, je grave dans les moindres détails ce moment qui restera à jamais dans ma mémoire, ce moment avant que je la possède.

Je franchis la porte, marche dans l'herbe douce et m'aperçois qu'elle ne s'est pas rendue compte que je l'appelais. Une petite rivière tombe en cascades sur les rochers, cachée par un bosquet. Le bruit de la rivière mêlé à celui du vent aura emporté mes paroles. Ainsi que les pas lourds et pressés d'un mari possessif.

« Megan. »

Elle tourne la tête dans ma direction et écarquille les yeux. La surprise cède la place à ... oui mon dieu oui ... la joie. Un sourire émaille son magnifique visage, ses yeux pétillent.

Elle se lève et se dirige vers moi sans me quitter des yeux.

Je lève la main : « Stop. Par tous les dieux, ne bouge plus.

Elle se fige.

— Laisse-moi te regarder. Un vrai mirage, une vision de rêve pour un guerrier fatigué.

Elle lève les yeux au ciel.

— C'est *moi* la guerrière fatiguée, dit-elle d'une voix douce, toutefois nuancée d'une note de défi, que j'apprécie tant. C'est parfait. Je n'ai pas envie d'une femme simple d'esprit et docile. Alors que je peux avoir une femme torride ?

— T'es fatiguée, femme ? Je vais t'amener te coucher et te laisser dormir.

C'est pas du tout dans mon intention, mais j'ai envie de voir ce qu'elle va me répondre. La taquiner me fait bander. Le fait de rester là sans rien faire me fait bander.

— Tu peux m'emmener au lit, mais je risque de pas te laisser dormir.

— Je m'étais pas rendu compte que c'était *toi* qui menais la danse. Tu veux bien me rappeler qui commande, femme ?

— Moi. Elle croise ses mains sur sa poitrine, ses seins remontent dans l'échancrure de son décolleté.

— Exact. » J'avance vers elle. Au lieu de m'arrêter devant elle comme elle s'y attendait, je l'attire contre moi et l'embrasse sur la bouche. J'ai besoin de la goûter, de la sentir toute chaude et rebelle sous mes mains. Elle m'embrasse, son corps se plaque contre le mien, nous ne faisons qu'un.

Mais ça ne me suffit pas. J'ai besoin d'être en elle, je recule, me penche et la prends sur mon épaule.

« Nyko ! crie-t-elle en tambourinant sur mon dos. Légère comme une plume.

Je retourne vers la maison, Berina est tout sourire.

— Où se trouve notre chambre ?

Berina nous conduit en rigolant vers le premier étage de la maison et indique un long couloir.

— Dernière porte à droite, Seigneur de guerre. »

Je vais directement dans la chambre, le rire joyeux de Berina retentit dans le couloir jusqu'à ce que je claque la porte derrière moi. J'ai faim, mais pas pour manger.

Je jette Megan sur le grand lit et je la regarde rebondir, elle essaie de se mettre à genoux mais l'ourlet de sa longue robe la gêne.

« Saleté de robe, marmonne-t-elle.

— Non femme. Tu es parfaite. Elle se fige et me regarde. La robe. Tu l'as eu où ?

Je doute que ce soit le quartier général du service des Renseignements qui la lui ait procurée.

— Le docteur Moor me l'a faite parvenir à mon arrivée. Elle se regarde, touche le tissu doux et aérien. Le tissu bleu clair fait ressortir sa peau sombre. Je pensais ...

Je la regarde d'un air perplexe. Elle semble peu sûre d'elle. Vulnérable.

— Quoi ? Je fais exprès de parler à voix basse, je chuchote presque. Tu pensais quoi ?

— Je pensais que ça te plairait que je sois plus ... »

Je m'approche du lit et je la mets debout devant moi. Pour une fois, elle est légèrement plus grande que moi. Elle écarquille les yeux de surprise mais ne fait rien pour m'arrêter lorsque je retire son vêtement et le jette parterre.

« Megan Simmons de la Terre. Ma femme. Je contemple son corps parfait, nue devant moi.

— Qu'est-ce que ça va être si tu es encore *plus* parfaite que ce que tu n'es déjà."

— Je comprends pas.

— Je t'aime telle que tu es. Je caresse son bras, sa peau est aussi douce que la soie. Je me fiche de ce que tu portes, femme. »

Je me racle la gorge, relève son menton et rassemble tout mon courage. Je me sens moins vulnérable devant tout un escadron de soldats de la Ruche, je vais ouvrir mon cœur à cette femme. « Je t'aime telle que tu es. J'aime ta bouche boudeuse et charnue, tes lèvres parfaites. J'aime ta peau mate et tes yeux qui lancent des éclairs quand on te défie. Je suis fier que tu sois ma femme. Je t'aime. J'ai soumis tes états de service au commandant Atlan qui gère le camp d'entraînement. Il est d'accord avec moi. Tu es impressionnante, il te propose d'entraîner les nouvelles recrues qui vont servir la Flotte. Si ça t'intéresse, le poste est à toi. Je dépose un rapide baiser sur son épaule, je l'adore. Sinon, on trouvera autre chose mon amour. Tout ce que tu voudras. »

Elle est bouleversée, ses yeux s'emplissent de larmes. Je prends son visage entre mes mains et les essuie. « Je voulais pas te faire pleurer. Je voulais te dire...

Elle pose deux doigts sur mes lèvres.

—Je sais ce que tu veux me dire. Moi aussi je t'aime. Elle recule. Je reviens. Je fais mine de la retenir mais elle recule et secoue la tête. Non. S'il te plaît, je dois faire quelque chose. Reste là.

— Mais...

— Compte jusqu'à dix. Je serai revenue avant que tu aies terminé.

Elle file prendre une couverture sur une chaise et s'enroule dedans pour cacher ses courbes parfaites. Elle ouvre la porte et sort de la chambre. Je commence à compter à voix haute.

— Plus lentement, crie-elle depuis un endroit dans la maison.

Elle revient quand je suis à huit, le souffle court, rayonnante. Elle porte les bracelets.

— Ça m'étonne que tu t'en sois pas aperçu. »

Ça m'étonne également. Elle ne les portait pas et je n'avais rien remarqué. Tout mon corps est douloureux, ça signifie que je suis à elle, que je commence à m'y habituer. J'accueille la douleur avec bonheur.

Elle ouvre le bracelet de ses doigts agiles, le met à l'un de ses poignets, nous le regardons se refermer de lui-même.

« Le docteur Helion les a enlevés dès que nous sommes arrivés au service des Renseignements. Je ne me rappelle pas vraiment. Il m'a dit que ça me ferait mal, mais c'est pas grave. J'ai essayé de l'arrêter mais—

Elle a vraiment essayé d'empêcher le docteur Helion de lui enlever les bracelets ? C'est de la folie pure. Je prends sa main et arrête son mouvement net.

— Non. Ne le remets pas. J'ai pas envie que tu souffres.

Elle secoue la tête.

— Je ne les retirerai plus jamais. Comment saura-t-on qu'on est mariés sinon ? »

Elle répète mes propres paroles, ma bête pousse un rugissement de satisfaction. Elle veut que tout le monde voie cette marque distinctive. J'aime pas l'idée qu'elle souffre. Elle me fait taire en posant un doigt sur mes lèvres.

— Je voulais les remettre en ta présence. Elle me regarde d'un air sérieux. Nyko, mon mari. Je t'aime. Je suis à toi. »

L'autre bracelet se referme facilement sur son poignet, ma bête se réveille et rugit. Je souris comme si j'avais vaincu toutes les forces de la Ruche, qu'elles soient perdues corps et biens. La victoire ne m'a jamais parue aussi douce.

« T'as pas besoin de les porter. » J'ai plus envie qu'elle

souffre, pas à cause de moi. Elle s'est déjà assez sacrifiée comme ça.

Elle s'approche plus près.

« Si. Tu as dit que les bracelets étaient la preuve que je t'appartenais. J'ai envie que tout le monde les voie. Je suis fière que tout le monde voie que je suis la femme du Seigneur de guerre Nyko. »

J'ai le cœur rempli de joie. C'est exactement ce dont j'avais besoin, même si je n'osais pas me l'avouer. Je l'attire contre moi et la serre fort dans mes bras. Sa joue repose sur ma poitrine, j'embrasse ses cheveux noirs. Je sens son odeur de propre, elle s'accroche à moi.

« Montre-moi ce que t'a fait Helion. Montre-moi que tu es guérie. »

Elle met ses cheveux sur son épaule et me montre son cou. J'aperçois une petite cicatrice blanche de la longueur d'un doigt à la base de son crâne. La cicatrice prouve que la blessure était grave, le caisson ReGen élimine normalement toute trace de blessure. Pas celle-ci. Elle ne peut pas la voir, cette cicatrice est une blessure de guerre, une marque de bravoure. Ou de folie peut-être. Ça veut aussi dire qu'elle a survécu, qu'elle est là avec moi. Oui, je veux me délecter de sa présence. Je veux plonger en *elle*.

« Tu imagines ce que j'ai ressenti quand j'ai su que tu étais au centre des Renseignements et que je ne pouvais pas t'atteindre ? Te voir pleurer des larmes de sang sans pouvoir rien faire ?

Elle se tourne et pose ses mains sur ma poitrine. Je pose ma main sur la sienne.

— Je suis désolée, Nyko. Sincèrement désolée.

— Tu es à moi, femme, je scande mes mots. A moi. Plus personne ne te prendra.

—A moi, ajoute-t-elle, éperdument d'amoureuse. Tu m'as énormément manqué. Touche-moi, Nyko. »

Je recule et la déshabille pendant qu'elle me regarde. Je m'installe à côté d'elle sur le lit et m'allonge de façon à avoir les genoux repliés et les pieds au sol. Megan me regarde l'air gêné.

« Je suis à toi femme. Fais ce que tu veux de moi. Je ne suis pas en mode bête. Elle n'est pas très patiente. Je peux te donner tout ce que tu veux.

— C'est-à-dire ?

— C'est toi qui décides.

Elle hausse un sourcil et contemple mon corps.

— Tu me le donnes ? » demande-t-elle en regardant mon sexe, je lui parle délibérément sur un air de défi. Ma bite est en érection, elle repose sur mon ventre. Oh, oui. Elle a besoin de maîtriser la situation. Je reconnais bien là son côté sauvage, ce besoin viscéral de vivre après avoir survécu à l'horreur. J'ai été contraint d'attendre qu'elle lutte pour sa survie. Elle sort tout droit de la bataille, c'est une femme puissante qui s'est sentie sans défense, faible et diminuée, j'ai pas envie qu'elle se sente comme ça, je la veux comme avant. Tout feu tout flamme, rebelle, sûre d'elle et agressive. A moi.

« Fais ce que tu veux de moi femme. »

Megan

. . .

Fais ce que tu veux de moi. Waouh. Nyko est allongé tout nu sur le lit. Les bras le long du corps et sa bite ... bon sang, sa queue est prête comme jamais. Son gland dilaté touche son nombril, du sperme s'écoule. J'ai hâte de le goûter. De le découvrir avec ma bouche, la bête ne m'a pas donné cette chance. C'est apparemment le bon moment. Sa bête n'est pas enragée. Il n'est pas dominateur et possessif.

Je ne vais pas le lui avouer mais j'aime le voir ainsi. Parfois, mon cerveau tourne en boucle, j'arrive pas à m'arrêter, j'ai besoin qu'il me prenne en main. Y'a rien de plus excitant qu'une petite tape sur les fesses ou lorsqu'il me mordille les tétons.

Je me lèche les lèvres en voyant sa queue palpiter. Je croise son regard, j'y lis ce désir sauvage qui me plaît tant. Ses joues sont rouges, il ne serre pas les poings mais il est tendu. Ça lui coûte de rester sans bouger alors que je suis nue devant lui.

Je le comprends tout à fait.

Je m'agenouille à côté de lui, prends fermement sa verge dans ma main et je lèche le fluide qui perle de son gland.

Il tressaille, comme s'il avait reçu un choc.

« Bon sang, femme, tu vas me tuer.

Je détourne les yeux de son sexe et regarde son corps.

— Ce serait une belle mort, non ? »

Oui, je le taquine. J'en suis pas très fière, mais ce n'est pas un homme comme les autres. La bête est tapie en lui, une bête qui adore baiser sauvagement, sans penser à rien. Mais j'ai pas envie de la bête pour le moment, j'aime jouer avec le feu. J'adore le challenge. Je veux pousser Nyko à bout, tester ses limites.

Sans aller trop loin. J'ai pas envie de faire ça à la va vite. Je veux que ce soit lent, tendre. Mon mari m'a manqué. Le besoin de m'unir à lui est plus puissant que ce besoin d'orgasmes, quand la bête rugit et me pilonne. J'adore la bête et sa passion dévorante. Mais cette fois-ci j'ai besoin d'autre chose, j'ai besoin de savoir que plus rien ne nous sépare. On est enfin chez nous. C'est un nouveau monde, sans la Ruche. Sans ma mère. Ou mon commandant qui nous dit quoi faire. Il n'y a que Nyko et moi dans notre royaume magique.

Là, en ce moment, c'est moi qui commande. Je ne vais pas m'en priver. Je prends son gland dilaté dans ma bouche et le lèche comme une glace.

Nyko me donne l'eau à la bouche, j'ai envie de l'engloutir.

C'est ce que je fais. Oui, il me laisse faire. Je suis sûre que si je lui demandais de voler le *Cuirassé Karter* à l'instant T, il le ferait. Il halète et fourre ses mains dans mes cheveux, il est à moi et à moi seule.

Il n'a pas besoin de me *donner* l'autorisation. J'ai son sexe dans la bouche, il est à moi. Je règne sur lui corps et âme.

Je suis la seule capable de lui faire cet effet-là. J'effectue des mouvements de va-et-vient, je l'avale de plus en plus profondément et le branle. Aucune chance que je le suce en entier, même une star du X n'y parviendrait pas. Il est vraiment énorme. Vu ses coups de bassin et ses rugissements, ça n'a pas l'air de le gêner.

Sa peau est brûlante, mais pas de fièvre. Il brûle de désir.

Il a envie de *moi*. Ça me fait mouiller. Je suis prête à l'accueillir. On est ensemble que depuis quelques heures et il s'est déjà passé tant de choses. Il m'a vue alors que j'ai failli mourir, il m'a vue me battre avec la Ruche, il a choisi une maison et a été forcé d'attendre. Le docteur Helion n'était pas à la fête et il m'a mise en garde, m'a donné un avertissement que je suis d'ailleurs censé communiquer à mon mari. Le service des Renseignements n'apprécie pas du tout les menaces.

J'ai éclaté de rire au nez du docteur, il s'est fendu d'un sourire, m'a demandé de ficher le camp et de garder mon mari loin des services des Renseignements. Je me suis sacrifiée mais ma mission est une réussite. La Coalition détient désormais une entité Nexus à étudier, j'ai un mari avec lequel je vais passer ma vie, je ne regrette rien. L'implant n'est plus là. Je suis guérie. Je ne sens rien lorsque je passe les doigts à l'endroit où s'est trouvé l'implant durant de longues semaines. Aucune protubérance, boursouflure ou trace quelconque de blessure. Aucune douleur. J'adore cette médecine spatiale. Je peux tailler une pipe à mon mec à peine sortie de convalescence au lieu de rester scotchée dans un hôpital.

« Megan, gronde Nyko.

— Mmm ? » Je demande, je reconnais très bien ces vibrations, il va bientôt se lâcher.

Je me retrouve projetée en l'air et sur le dos avant d'avoir le temps de dire « ouf ». J'aperçois un Nyko déjanté. Non pas en mode bête, l'Atlan dans toute sa splendeur. Il respire de façon saccadée, son regard se fait ardent. Son intensité fait durcir mes tétons. Les muscles de ses bras et ses épaules se contractent tandis qu'il serre et desserre ses poings. Sa bite glisse hors de ma bouche, elle est toute luisante, prête. Ses couilles sont pleines et dures. J'ose les prendre dans ma main. Il frémit et se presse contre moi.

« Nyko ? Merde. Comment vais-je m'y prendre ? J'ai jamais imaginé avoir pareille conversation.

Le ton de ma voix l'inquiète, son désir s'efface.

— Quoi ? Qu'est-ce qu'il y a ?

Je caresse sa joue, sa barbe douce.

— Rien. Tout va bien. Je voulais te parler de quelque chose. »

Il expire, la tension le quitte. Il bouge sur le lit, s'installe sur moi et prend appui sur ses avant-bras. Sa jambe se niche entre les miennes, son membre tout chaud se love contre moi.

« Maintenant ? demande-t-il en prenant un sein en coupe. Mon téton est si sensible que je le regarde faire. Pétrifiée.

— Le docteur Helion—je lui ai demandé—je—

Il me regarde dans les yeux et se fige.

— S'il t'a fait le moindre mal, je le tue.

— Non. Je vais bien. C'est juste que—je veux—mon dieu c'est impossible. » Nyko grogne doucement en voyant mes yeux s'emplir de larmes de frustration. Qu'est-ce qui m'arrive ? J'ai réussi à échapper à la Ruche en me cachant dans une grotte, j'ai foncé sur le champ de bataille, et j'arrive pas à dire à mon mari ce que j'ai sur le cœur ? Merde. Il est facile de se battre. L'amour ? La confiance ? C'est dur de se sentir vulnérable.

« Dis-moi. » Il m'embrasse doucement, je le sens se lover contre moi, il domine son caractère impétueux. Il est prêt à tout pour moi. Je le sais, je le sens tout au fond de moi. Je suis lâche.

Je déteste la lâcheté.

« J'ai envie de fonder une famille.

Je le regarde assimiler ce que je viens de dire, sa main glisse de mes seins à mon ventre qui portera notre enfant.

— Tu veux un bébé ?

Je relève la tête et l'embrasse.

— Je veux *ton* bébé.

— Oui. » Son rugissement ébranle mon corps. Il se penche et m'embrasse. Encore et encore. Il ne pèse pas sur moi de tout son poids—sinon il m'écraserait comme une crêpe—je n'esquisse pas un geste. Je n'en ai pas la moindre envie. Je suis exactement là où j'ai envie d'être.

Je soulève une jambe et me frotte contre son membre. Il met tout son amour dans son baiser. Je sens son amour, son dévouement, sa passion. Sa possession.

Voilà pourquoi j'ai demandé à Helion de retirer l'implant contraceptif de la Coalition. J'ai pas envie de baiser avec Nyko. J'ai envie de faire l'amour avec lui, d'avoir un bébé, son bébé. Un bébé rien qu'à moi, que j'aimerai, pas comme ma mère qui ne m'a jamais aimée. Ce bébé je vais l'adorer, je sais que Nyko sera un père parfait. Si jamais on a une fille, il faudra qu'il se calme sinon il finira en Atlan gâteux, ce sera un père trop protecteur.

Je passe mes mains autour de son cou. J'ai envie d'autre chose que de simples baisers.

— S'il te plaît, je le supplie.

Nyko recule afin que je puisse le regarder sans loucher.

— S'il te plaît quoi ?
— J'ai envie de toi.
— Mais tu m'as.
— J'ai envie de te sentir en moi.

Il caresse ma joue, mon cou, mes seins. Il s'installe entre mes cuisses, les écarte avec son genou. Je sens son sexe humide se lover entre mes jambes et se nicher contre ma vulve.

— J'ai pas été tendre avec toi. Je vais prendre mon temps cette fois-ci.

Il me pénètre et je me cambre, les yeux fermés.

— C'est bon. Je pousse un gémissement tandis qu'il me pénètre. Mais ... tu vas trop doucement. »

J'enroule mes jambes autour de lui, enfonce mes talons dans ses fesses afin qu'il me pénètre plus profondément. Il s'enfonce jusqu'à la garde et ne bouge plus.

Nos gémissements se mêlent. C'est trop bon. Il est trop gros, j'ai besoin de temps pour m'y habituer. Je me contracte, j'ondule des hanches.

Il enfouit sa tête dans mon cou, renifle mon épaule. Il me mordille, je mouille, je me dilate.

Il a trouvé une zone érogène dont j'ignorais l'existence. Je me cambre pour mieux accueillir ses coups de boutoir, le plaisir va crescendo. Je suis en nage, j'ai la bouche sèche à force de gémir. On ne peut pas dire que je sois très discrète.

« Là. Comme ça. Nyko se meut avec une lenteur délibérée, mesurée, impitoyable.

—Je vais jouir. Oh ... oui. » Je retiens mon souffle,

contracte mes muscles et me concentre sur le plaisir que me procure Nyko.

— Lâche-toi. Jouis pour moi. Abandonne-toi. »

J'ai l'impression de tomber mais je suis en sécurité. Un seul coup de queue suffit à me faire jouir.

Je sens mon corps se contracter et l'attirer de plus en plus profondément, on dirait qu'il sait qu'il doit être le plus au fond possible pour qu'on fasse un bébé. Mon corps en a envie, il a besoin de la moindre goutte de plaisir.

Je plante mes doigts dans son dos en sueur, mes talons fermement ancrés dans ses fesses. Mes orteils se tortillent de bonheur.

J'ouvre doucement les yeux et contemple ses yeux bleus, sa mâchoire contractée.

— A ton tour Nyko. Je caresse sa joue. S'il te plaît. J'ai envie de te voir. De t'entendre. Lâche-toi.

Il me dévisage l'espace de quelques secondes, ses hanches continuent d'onduler nonchalamment après m'avoir procuré cet orgasme qui a duré de nombreuses minutes.

— Je t'aime, Megan. Si tu savais combien je t'aime.

C'est bien plus qu'une déclaration, le ton est solennel, il est sérieux, concentré, comme s'il éprouvait une douleur physique.

— Je veux tout de toi, Nyko. Je t'aime. Je veux sentir ton sperme en moi. Je veux faire un bébé avec toi.

— Si ça rate, femme— il sourit d'un air coquin, il faudra que je te garde jusqu'à ce que mon sperme donne la vie. »

C'est parfait.

Il s'active, je ferme les yeux, mes zones érogènes se réveillent. La tension va crescendo, des émotions me submergent telle une vague, si fortes que je ne peux les absorber toutes. Les larmes me montent aux yeux, des larmes que je ne peux ni arrêter, ni contrôler, toutes mes barrières volent en éclats. La joie, l'espoir, l'amour, toutes ces douloureuses années s'envolent pendant que Nyko me baise, me pénètre, je suis enfin comblée.

Je me cambre pour mieux accueillir ses coups de boutoir, je ne me retiens pas. Je vais jouir à nouveau. Rien ne pourra m'en empêcher.

Il prend mes seins dans sa main, tire sur mes tétons tendres, j'ouvre grand les yeux et jouis. C'est inattendu— ses doigts qui me titillent, c'est légèrement douloureux *et* l'orgasme que ça déclenche— est néanmoins silencieux. J'ouvre la bouche mais aucun son n'en sort. Je garde mes yeux ouverts et regarde Nyko plaquer ses hanches contre les miennes, se cambrer, tendre le cou et hurler.

Son corps est parcouru de soubresauts, tout le poids accumulé depuis tant d'années, toutes mes peines, s'écroulent, emportés par cette vague d'amour. Son sperme chaud gicle, m'éclabousse. Il a déjà éjaculé en moi mais cette fois-ci, c'est différent. Il scelle notre union, nous sommes faits l'un pour l'autre.

Je suis comblée. Ce guerrier lourd et recouvert de transpiration me rappelle que je ne suis plus seule, il m'aime, mon cœur de guerrière a enfin trouvé sa moitié.

Tout va pour le mieux dans le meilleur des mondes.

ÉPILOGUE

Megan

« Nyko, on a frappé. Je m'agite dans ses bras et je rigole, il m'arrache la robe des mains.

— J'aime te voir nue. »

Je me tourne afin de le regarder. Il me sourit, un petit sourire dont il est devenu coutumier depuis notre arrivée sur Atlan. Le stress de la bataille, être à bord du *Karter,* était plus épuisant qu'on ne l'imaginait.

Bien qu'on ait fait exceptionnellement très bon usage des moindres surfaces horizontales que comporte la maison, et quelques murs aussi d'ailleurs—nous restons de piètres dormeurs. Des cauchemars nous assaillent mais s'en vont aussitôt, sachant que Nyko veille. Il sera toujours là. Il m'embrasse, me serre contre lui ou me fait l'amour quand je fais des cauchemars. Il m'a dit qu'il était aussi là pour ça.

Lorsqu'il se réveille lui aussi en hurlant, en rêvant de la Ruche, ma voix ou mon corps l'apaise.

Nous sommes arrivés voilà deux semaines. Deux semaines de pseudo lune de miel. On a intégré nos nouveaux postes d'entraîneurs au centre de formation, Nyko a insisté pour qu'on en profite tant que possible. Nous découvrons la maison et moi, je découvre Atlan. Je veux explorer la planète, apprendre sa culture, rencontrer du monde, mais Nyko dit que rien ne presse.

Non pas qu'il n'ait pas envie de me faire découvrir son monde, mais il est trop accro à moi pour me laisser sortir du lit. J'avoue qu'à cet instant précis, je savoure trop ses délicates attentions pour dire le contraire. Du moins, tant qu'il refuse que je m'habille.

D'où l'objet de notre petite querelle. Il apprécie un peu *trop* ma nudité.

« Moi aussi j'aime te voir à poil. Mais on vient de frapper à la porte. Tu veux qu'on me voie nue ? »

Son sourire disparaît.

— Reste là. Il indique le lit. Berina va leur dire de s'en aller.

— Non. Les gens vont penser que je suis invalide ou incapable de marcher.

— Tu marchais un peu bizarrement ce matin après la troisième fois où je t'ai—

Je pose ma main sur sa bouche. Je sais très bien qu'il l'aurait retirée s'il avait voulu. Mais il n'en fait rien.

— Passe-moi cette robe et laisse-moi accueillir nos hôtes. Plus vite on aura vu de qui il s'agit, plus vite on pourra se désaper. »

Il réfléchit un moment et marmonne dans sa barbe.

Les neuro-processeurs essaient de décrypter et traduire, je n'ai pas compris ce qu'il a dit mais je le subodore au ton de sa voix. « Ok. Je te préviens que je vais te foutre à poil et te sauter dessus dès que la porte se sera refermée sur ces emmerdeurs. »

Sa promesse m'excite. De nouveau. Je ne vais pas m'en plaindre.

Par bonheur, la robe des femmes Atlannes est très facile à retirer, je dois simplement la passer au-dessus de ma tête. Je n'ai pas demandé de dessous. Je sais qu'il ne m'en donnera pas de toute façon. Et j'ai pas envie d'embêter Berina ou une autre domestique avec ça. Ils mettent un point d'honneur à être le plus discrets possible.

J'arrange ma robe d'un bel orangé, Nyko cherche ses vêtements. J'ouvre enfin la porte—et découvre un Atlan et son épouse terrienne. Il est évident qu'elle vient de la Terre vu sa taille et sa couleur de peau, elle ressemble énormément au Capitaine Mills. Elle tient une petite fille d'environ un an dans ses bras. Elle est brune comme sa mère et suce son pouce.

« Sarah ?

— Dieu merci. Je peux envoyer un message à mon frère et lui dire que t'es saine et sauve. Elle me fait un grand sourire, on va être amies, c'est sûr et certain. Il me rend dingue avec ses messages tous les jours.

— Seth ?

— Ben oui. Il est toujours aussi chiant, même à l'autre bout de la galaxie. »

Putain ouais, on va bien s'entendre Sarah et moi, c'est un souci de moins. Je peux aussi être heureuse en dehors de ces quatre murs. J'ai un travail, une vie, des amis.

Je rigole avec Sarah et entends Nyko venir derrière moi. « Seigneur de guerre Dax. Quel plaisir de te voir.

Je recule et fais entrer le couple. Dax est sur la réserve, Sarah est toute contente.

— On ne vous a pas interrompu au moins ? demande Dax.

— Ça fait quinze jours, répond Sarah, ils auront tout le loisir de reprendre les choses où elles en sont restées à l'issue de notre petite visite.

— Tu sais très bien ce qu'ils *étaient en train de faire*. C'est comme ça que Lily a été conçue. »

Sarah devient rouge comme une pivoine, je rougis à mon tour, je sais qu'on a fait un bébé. Je l'ai pas encore dit à Nyko parce que je redoute qu'il m'interdise de quitter le lit jusqu'à la naissance du bébé. Non pas qu'il ait l'intention de me sauter tout le temps, quoiqu'il en serait capable, mais parce qu'il n'a de cesse de me surprotéger et me procurer un indicible plaisir.

« Entrez, je vous en prie. »

Je recule et force Nyko à faire de même. Il pose sa main sur mon épaule tandis que nous les suivons au salon. J'adore cette pièce, les baies vitrées s'ouvrent sur le magnifique panorama des arbres et de la rivière. Je me sens ici chez moi, avec Nyko. Sans lui, ce ne serait qu'une coquille vide. Nos hôtes prennent place sur le canapé, en face de nous, Sarah s'installe à droite de son mari. Il passe son bras sur ses épaules, comme pour la protéger.

Berina se précipite, souriante, heureuse de voir que nous avons enfin des visiteurs. « Soyez les bienvenus ! Que puis-je vous offrir ? »

Je suis sûre qu'elle en a marre d'apporter des plateaux-repas dans la chambre. A en juger par son air rayonnant et débordant de joie à chaque fois que Nyko marmonne un truc depuis notre lit, alors que j'insiste pour répondre à la porte, elle est vraiment ravie d'être au service de son Seigneur de guerre. Il est difficile de résister à Nyko, et encore plus difficile de ne pas l'apprécier.

Le seigneur de guerre Dax secoue la tête. « Rien, merci. On ne va pas rester bien longtemps.

Berina repart tandis que je souris à cet adorable bébé potelé et gracieux.

Sarah caresse le dos de sa fille.

— Elle est belle, hein ? Je sais que toutes les mères trouvent que leur enfant est le plus beau mais—

— Elle te ressemble, elle est parfaite, répond Dax en regardant sa femme.

Ils se regardent avec un amour évident. Ils n'ont pas eu besoin d'un bébé pour se prouver leur affection.

— Notre fille ressemblera à Megan, leur dit Nyko. Il a l'air si catégorique, si sûr de lui.

Je ne peux m'empêcher de le regarder.

Sarah tend le bébé à Dax et se lève, s'approche de moi et me prend dans ses bras.

— Oh mon dieu, tu attends une petite fille ? » Elle ne peut réprimer sa vive excitation.

Je ne suis pas habituée à de telles marques d'affection. Oui, mes copines sur Terre me prenaient dans leurs bras de la sorte, mais pas les combattants de la Coalition. Evidemment. Nyko ne manifeste pas sa joie bruyamment, ni comme une ado. Son affection est différente. Totalement différente.

Je regarde Nyko et décèle quelque chose de changé. Ça n'a rien à voir avec de la surprise. Ni de l'humour. Non. C'est indéfinissable.

« T'étais au courant, dis-je en ignorant Sarah. J'entends vaguement Dax demander à Sarah de s'asseoir, je contemple Nyko. Il est assis à côté de moi sur l'autre canapé, je suis incapable de me détourner de lui.

— Quoi ? Du fait que tu attends mon enfant ?

Je hoche la tête, je suis perplexe.

Il caresse ma joue.

— Je sais tout de toi. Du moins, tout ce qui revêt de l'importance. Je connais la moindre parcelle de ton corps. Dans les *moindres* détails. Je t'ai goûtée.

—Nyko, je le réprimande en rougissant, Sarah et Dax nous entendent.

—Hier soir t'as pas mangé grand-chose. Quand je t'ai fait l'amour, tes seins étaient ultra sensibles. Un peu douloureux, je dirais.

Le bébé a le hoquet, je me tourne et vois le couple qui me sourit, ils se regardent, regardent le bébé.

— On doit vraiment parler de ça en public ?

— Je voulais pas leur ouvrir », rétorque Nyko.

Dax se lève, donne la main à sa femme et la prend dans ses bras. Le bébé paraît minuscule à côté de lui.

— On vous laisse fêter ça tranquillement. Venez nous voir demain. Dîner à dix-huit heures. On ne débarquera plus à l'improviste.

Nyko se lève et serre la main de son ami seigneur de guerre.

— Pas demain. La semaine prochaine.

— Nyko ! Je proteste, mais Sarah rigole en donnant la main à son mari.

— On se verra à l'extérieur.

Nyko ne me laisse pas jouer mon rôle d'hôtesse, il me tient la main et m'empêche de suivre nos hôtes sur le perron.

—Ils savent ce que c'est.

—Pas moi. Je voulais que ce soit une surprise, lui dis-je en marmonnant. C'était mon secret.

Nyko me prend dans ses bras comme une jeune mariée le soir de sa nuit de noces.

— Pour moi aussi, quand tu m'as chevauché, et que mon sexe était en toi, j'ai senti la différence, j'ai compris immédiatement.

— C'est pour ça que t'étais aussi insatiable hier soir ? » Je lui demande pendant qu'il me porte au premier étage.

Il me pose sur le lit et enlève ma robe vite fait. Je la porte depuis moins d'une heure. Il se déshabille, plus rien n'a d'importance.

« Je ne peux pas me passer de toi, femme. Il s'installe à côté de moi et pose sa main sur mon ventre plat. Je ne me lasserai jamais de toi.

Son regard s'emplit d'amour, je sais qu'il dit vrai.

— Moi non plus, je ne me lasserai jamais de toi. Je passe ma main derrière sa nuque et l'attire contre moi, nos lèvres se frôlent. Jamais. »

Lisez Ses partenaires Viken ensuite!

Isabella Martinez a toujours été une vraie rebelle avec ses parents, l'école, ses petits amis. Nul ne peut assouvir ses besoins et ses désirs. Devenue hors la loi et n'ayant pas d'autre choix que la prison, elle opte pour un nouveau monde en choisissant de devenir une Epouse Interstellaire. Sa décision est vite prise, elle est seule sur Terre.

Arrivée sur Viken, elle apprend qu'elle a épousé non pas un mais trois farouches extraterrestres—leurs désirs, leurs besoins, leurs exigences sont bien pires que ce qu'elle imaginait.

Des ennemis envisagent de détruire Viken au sein-même de la Flotte de la Coalition, Bella va devoir apprendre à faire confiance, sous peine de tout perdre. Ses époux vont assouvir tous ses désirs. Leurs secrets briseront son coeur ... ou ses chaînes.

Lisez Ses partenaires Viken ensuite!

OUVRAGES DE GRACE GOODWIN

Programme des Épouses Interstellaires

Domptée par Ses Partenaires

Son Partenaire Particulier

Possédée par ses partenaires

Accouplée aux guerriers

Prise par ses partenaires

Accouplée à la bête

Accouplée aux Vikens

Apprivoisée par la Bête

L'Enfant Secret de son Partenaire

La Fièvre d'Accouplement

Ses partenaires Viken

Combattre pour leur partenaire

Ses Partenaires de Rogue

Programme des Épouses Interstellaires: La Colonie

Soumise aux Cyborgs

Accouplée aux Cyborgs

Séduction Cyborg

Sa Bête Cyborg

Fièvre Cyborg

Cyborg Rebelle

ALSO BY GRACE GOODWIN

Interstellar Brides® Program

Assigned a Mate

Mated to the Warriors

Claimed by Her Mates

Taken by Her Mates

Mated to the Beast

Mastered by Her Mates

Tamed by the Beast

Mated to the Vikens

Her Mate's Secret Baby

Mating Fever

Her Viken Mates

Fighting For Their Mate

Her Rogue Mates

Claimed By The Vikens

The Commanders' Mate

Matched and Mated

Hunted

Viken Command

The Rebel and the Rogue

Interstellar Brides® Program: The Colony

Surrender to the Cyborgs

Mated to the Cyborgs

Cyborg Seduction

Her Cyborg Beast

Cyborg Fever

Rogue Cyborg

Cyborg's Secret Baby

Her Cyborg Warriors

Interstellar Brides® Program: The Virgins

The Alien's Mate

His Virgin Mate

Claiming His Virgin

His Virgin Bride

His Virgin Princess

Interstellar Brides® Program: Ascension Saga

Ascension Saga, book 1

Ascension Saga, book 2

Ascension Saga, book 3

Trinity: Ascension Saga - Volume 1

Ascension Saga, book 4

Ascension Saga, book 5

Ascension Saga, book 6

Faith: Ascension Saga - Volume 2

Ascension Saga, book 7

Ascension Saga, book 8

Ascension Saga, book 9

Destiny: Ascension Saga - Volume 3

Other Books

Their Conquered Bride

Wild Wolf Claiming: A Howl's Romance

CONTACTER GRACE GOODWIN

Vous pouvez contacter Grace Goodwin via son site internet, sa page Facebook, son compte Twitter, et son profil Goodreads via les liens suivants :

Abonnez-vous à ma liste de lecteurs VIP français ici :
bit.ly/GraceGoodwinFrance

Web :
https://gracegoodwin.com

Facebook :
https://www.visagebook.com/profile.php?id=100011365683986

Twitter :
https://twitter.com/luvgracegoodwin

Goodreads :
https://www.goodreads.com/author/show/15037285.Grace_Goodwin

Vous souhaitez rejoindre mon Équipe de Science-Fiction pas si secrète que ça ? Des extraits, des premières de couverture et un aperçu du contenu en avant-première. Rejoignez le groupe Facebook et partagez des photos et des infos sympas (en anglais). INSCRIVEZ-VOUS ici : http://bit.ly/SciFiSquad

À PROPOS DE GRACE

Grace Goodwin est journaliste à USA Today, mais c'est aussi une auteure de science-fiction et de romance paranormale reconnue mondialement, avec plus d'un MILLION de livres vendus. Les livres de Grace sont disponibles dans le monde entier dans de nombreuses langues en ebook, en livre relié ou encore sur les applications de lecture. Ce sont deux meilleures amies, l'une qui utilise la partie gauche de son cerveau et l'autre qui utilise la partie droite, qui constituent le duo d'écriture récompensé qu'est Grace Goodwin. Toutes les deux mamans, elles adorent faire des escape games, lire énormément, et défendre vaillamment leurs boissons chaudes préférées. (Apparemment, elles se disputent tous les jours pour savoir ce qui est le meilleur : le thé ou le café?) Grace adore recevoir des commentaires de ses lecteurs.

www.ingramcontent.com/pod-product-compliance
Lightning Source LLC
LaVergne TN
LVHW011821060526
838200LV00053B/3863